theater book 019

あなたはわたしに死を与えた

―トリカブト殺人事件―

高橋いさを

論創社

あなたはわたしに死を与えた―トリカブト殺人事件―◉目次

明日は運動会――和歌山毒物カレー事件――

［登場人物］

森田高史（長男／三一）
真子（長女／三七）
裕子（次女／三五）
由利香（三女／二五）
清水（真子の夫／四〇）
森田真純（母／声のみ）

※本作は一九九八年に起こった「和歌山毒物カレー事件」を元にしているが、基本的な事実を元にしながらも、登場人物の名前を含め、描かれる内容は作者の想像によるフィクションである。

開演時間が来ると暗くなる舞台。

と声が聞こえてくる。

真純（声）

「タカくん、この間は面会に来てくれてありがとう。差し入れしてくれたシュークリーム美味しくいただきました。季節はすっかり春やね。ホカロンぎょうさん抱え込んで寒い夜を過ごしていたちょっと前が嘘のようです。元気そうなので安心しましたが、一人暮らしは食事が偏りがち。肉ばっかり食べておらんで野菜も一緒にいっぱい食べてください。父さんの世話も大変やろうけど、母さんの分、よろしくお願いいね。母さんのせいで苦労することも多いでしょうが、めげずに生きていってくれることを心より願います。逃げたらあかんで。立ち向かわんと。真子《まこ》たちに会うたらオカンは元気にしとったと伝えてください。また会える日まで。——真純」

声の途中で暗い舞台の片隅に照明が当たる。

そのテーブルの上に家族写真を並べている女が見える。

女——長女の真子は、写真の一つを手に取り、それを見つめている。

真子は声の終わりの頃に舞台から去る。

暗転。
舞台に明かりが入ると、そこは和歌山にあるとあるマンションの一室。
テーブルとそれを囲んでソファが何脚か。
床にいくつかのクッションなど。
片隅にある棚の上に家族写真が入った写真立てがいくつかある。
二〇一九年、和歌山毒物カレー事件から二十一年目の夏。
夕刻――遠くで蟬の声。

清水（声） さ、どうぞッ。さ、さ、遠慮せず。

と声がしてこの部屋の主で、真子の夫の清水がやって来る。
続いて高史、裕子、由利香。
高史はショルダーバッグを肩から下げている。

由利香 へえ、初めて来たわ。こんなとこに住んでるんやね。
清水 住んでます。
由利香 家賃、高いんとちゃいます？
裕子 （由利香を叩く）
由利香 あ痛ッ。
清水 （奥に）真子、いらっしゃったで、みんな。
真子（声） はーい。

清水　どうぞどうぞ。汚いとこですけど、座ってください。

裕子、窓から外を見て、ちょっと警戒する。

清水、人数分の麦茶と容器を持ってきてテーブルへ。

清水　どしたの、裕子ちゃん。

裕子　ううん、別に。

高史　心配し過ぎや。尾行なんかされとらんて。

裕子　……。

清水　高史さんも、ホラ。

高史　あ、いろいろほんまにありがとうございます。

清水　やめてよ、そんな硬い挨拶は。兄弟なんやから。

とそこへ真子が来る。

真子　久し振りやね、みんな。

由利香　キャー真子姉ちゃんッ。

と真子に抱きつく由利香。

真子　相変わらずね、あんたは。

由利香　それは相変わらず可愛いってこと？

真子　よくわかったわね。すばらしいッ。（と皮肉）

清水　ハハハハ。

動きを止めて互いを見る人々。

人々　……。

真子　何や、みんな急に押し黙って。

由利香　だって――。

と人々を見る由利香。

由利香　こうして四人集まんのえらい久し振りやなあ思うて。

真子　……そやな。

とちょっとしんみりするきょうだいたち。

人々にお茶を出す真子。

清水　ほんまなら森田家のきょうだいたちの再会を祝ってぱあっと酒でも飲みたいとこやけど、それは話が終わってからちゅうことで。あっちに料理は用意できとるから。

裕子　ええ匂い。何やろ、これ。

清水　それは後のお楽しみや。
人々　……。
清水　じゃあ、わしはあっちにおるから何かあったら呼んでや。
真子　おおきに。

とその場を去る清水。

由利香　お姉ちゃん、ほんまよかったな。
真子　何がや。
由利香　あんなええ旦那さんと結婚できて。
真子　まあ。
高史　そう見えるやろ。
由利香　何？
高史　お前はまだわからんやろうけど、大変なんやで清水さんも。この前、会うて酒飲んだ時に泣いとったわ、嫁が怖い言うて。
由利香　ほんまに？
真子　何の話しとんねん。
裕子　正人はおらんの、今日は？
真子　言うてなかったか。正人は合宿や、陸上部の。帰りは三日後や。
裕子　うちらが秘密の会合するにはもってこいちゅうわけや。
真子　まあ、な。さ、始めるやさかい座ってちょう。――狭いからあんたはここでええ。

と由利香を床に座らせる。
面と向かい合うきょうだいたち。

真子　みんな久し振りや。まずはみんな元気そうで何よりや。
由利香　姉ちゃんも。
真子　まあ、なかなか会う機会もあらへんけど、こうして四人で集まることも滅多にない。今日はいろんなことしゃべれたらええなあ思っとる。
人々　……。
真子　今日、みんなに集まってもろたのは他でもない。オカンとオトンのことや。
人々　……。
真子　あれから今年で二十一年――今まではようわからんかったり、わかってても見て見ぬふりしてたことにきちんと向きおう時やと思う。
人々　……。
真子　そんな風に思うきっかけは高史の書いたこれや。

真子は棚から一冊の本を取り出し、テーブルの上に置く。

人々　……。
真子　二人も知っとると思うけど、高史は今年、こんなもん出しよった。うちら家族のことを書いた本や。読んだか？

裕子　（うなずく）
由利香　兄ちゃんにこんな才能があるとは思わんかった。
高史　ほっとけ。
真子　そればかりやない。高史はツイッターでもオカンのこといろいろ発信しとる。
人々　……。
真子　最初は「昔のこと掘り返して勝手に何しとんねん！」と怒りもしたけど。
人々　……。
真子　ちゃんと話を聞けば、高史の言うこともあながち間違ってるとは思えへん。
人々　……。
真子　だから今日はうちらきょうだいが、これから仲良くやっていく上でも、こうして面と向かってみんなの気持ちを確認しておきたかったんや。
人々　……。
真子　こういう場を作ってくれ言うたのは他ならぬ高史や。「俺が呼びかけてもみんな集まらへんから姉ちゃんが音頭取ってくれえ」と。
人々　……。
真子　高史――。

と高史を促す真子。
高史、椅子から立ち上がり、

高史　まずはこうして集まってくれて感謝しとる。

と頭を下げる高史。

高史　まず誤解してほしゅうないから言うとくけど、俺は何も昔のことをほじくり返したくてこんなことしとるわけやないことをわかってや。

人々　……。

高史　前は大騒ぎしとったが、世間様はもうすっかり忘れとる事件や。

人々　……。

高史　後はカレーに毒入れて無差別に人殺しをしたとんでもないオバハンが一人死ねばすべて終わりや。

人々　……。

高史　けど、俺はこのまま黙ってオカンが死ぬのを待つのは変やと思っとる。

人々　……。

高史　確定死刑囚——オカンは明日死んでもおかしくない身の上や。

人々　……。

高史　俺がこんな風に思うようになったんは、俺が十歳の小学生やなく、人殺しの息子と言われながらも、社会人として何とかこうしてやっとるからや。

人々　……。

高史　あらかじめ言うとくけど、俺は死刑制度に反対しとるわけやない。

人々　……。

高史　もしもオカンがほんまにやっとったことなら、黙ってそれに従おう思うてる。

人々　……。
高史　実際、そう思って生きてきた。
人々　……。
高史　けど、どう考えてもこれはおかしいと思うんや。
人々　……。
高史　ここで蒸し返すのもうんざりかもしれへんけど、オカンの事件は動機なし、物証なし、自白なしの三拍子揃うた事件や。
人々　……。
高史　あるのは限りなく黒に近い状況証拠だけや。
人々　……。
高史　身内が、俺たちを育ててくれたオカンがそんな曖昧な理由で死刑にされてええとはどうしても思えん。
人々　……。
裕子　だから？
高史　え？
裕子　だから何？
高史　……。
裕子　だからどうしてほしいの、あんたは、うちらに？
高史　協力してほしいんや。
裕子　協力？
高史　そうや。

裕子　……。
高史　今まで「オカンはやってない！」言うて世間に訴えてきたのは親父だけや。けど、知ってる通り親父ももう歳や。その上、あの身体じゃ体力的にも戦うのはしんどいはずや。
人々　……。
高史　もちろんそれぞれのの暮らしがあることはようわかっとるつもりや。けど、俺一人じゃのうてみんなが協力してくれれば違うはずや。
由利香　そりゃ頑張っとる兄ちゃんの頼みや。できることならうちも協力はしたい思うけど。
高史　さすが俺の妹や。恩に着るで。
由利香　けど、うちらにいったい何をせえ言うんや。うち、街頭に立って署名すんのは勘弁やで。
高史　そんなことせん。
由利香　じゃあ何？
高史　俺が出たユーチューブの番組、知っとるな。
由利香　うん。
高史　俺にインタビューしてくれたんは〝クリキン〟さん。登録者数二百万、一つの動画の再生回数百万回の人気ユーチューバーや。
由利香　それが何？
高史　俺が出た番組の再生回数はどんくらいやと思う？
由利香　さあ。百万くらい？
高史　三百万回や。
由利香　嘘ッ。すごいやん。
高史　ユーチューブだけやない。それ以降、俺のツイッターの閲覧数もうなぎ上りや。これがど

由利香　ういうことかわかるか？
高史　運送屋さん辞めてアイドルになるとか。
由利香　アホ。ツイッターは金にはならん。
高史　じゃあ何？
由利香　アピールできるいうことや、日本中の人たちに。
高史　アピール……。
真子　今、ユーチューブの力はあなどれんちゅうことや。
高史　もってまわらんと本題言えや、はよう。
人々　その番組に出てくれへんか。
高史　……。
由利香　クリキンさんの番組に出てくれへんか。
高史　誰が？
由利香　みんなや。
高史　みんな？
由利香　そうや。
高史　……うちら？
人々　そや。俺たち四人がそれに出てオカンの冤罪を訴えるんや。
高史　……。
裕子　どや？
　ハハハハ。

と笑い出す裕子。

裕子　まあ、だいたいこんな話やろうと予想はしてたけど、話にならんわ。

高史　どこがや。

裕子　ええか、あんたがオカンの冤罪訴えるのは勝手や。けどな、そんなことにうちらを巻き込むのはやめてほしいわ。

高史　……。

裕子　あんたはネットでいくら儲かるのか知らんけどな、こっちにはこっちの生活があるんや。あんなオトンとオカンのせいでうちら子供たちがどれだけ苦労して生きてきたか、あんたもよう知っとるやろ。

人々　……。

裕子　世間様がようやくあの事件のこと忘れて、うちらもまがりなりにも普通の暮らしができるようになって、そんな時にまたネットで顔さらして「オカンはほんまはやってません！」「無罪です！」「だから助けてください！」――うちらにそんなこと言わせたいちゅうんかッ。

高史　そうや。

裕子　アホぬかすなッ。そんなことしたら、今、うちらがやっとの思いで手に入れたもん、また全部捨てることになるやないかッ。

真子　まあ、裕子――。（となだめる）

高史　……。

とそこに清水がやって来る。

清水　……。

真子　大丈夫や。ちょっと興奮しただけやから。

清水　そう。あ、お茶足りてる？

間。

清水　足りてるみたいやな。ハハ。何かつまむもんでも持ってこようか。羊羹《ようかん》とか。

裕子　いらんわ、そんなもん。

清水　……何かほしかったら言ってね。

とその場を去る清水。

真子　由利香――あんたはどう思うんや。

由利香に注目する人々。

由利香　うちは――わからへん。

真子　そりゃどういう意味や。

由利香　兄ちゃんが言うことももっともやと思うし、裕子姉ちゃんが言うこともももっともやとも思

高史　うし――。
真子　お前はほんとええんか。このままじゃオカンが殺されてしまうんやぞッ。
高史　そんな怒鳴らんといてや。
由利香　……お前、いくつになった？
高史　二十五やけど。
由利香　立派な大人や。そんな大人としておかしい思わんのか、オカンの裁判を。
高史　まあ。
真子　オカンの判決が出たんは十年も前や。あン時はまだ子供でようわからんかったけど、今ならこの判決がおかしいことようわかるんとちゃうかッ。
人々　落ち着かんか、アホ。妹責めてどないするねん。
裕子　……。
　　　姉ちゃんはどうなん。真子姉ちゃんはこいつが言うことに賛成なんか。

人々、真子に注目する。

真子　結論から先に言えば――うちはやってもええと思っとる。
裕子　……。
真子　裕子が言うこともわかる。当然や。けど、腐っても真純はあたしらのオカンや。
人々　……。
真子　その結果がどういうことになるのか全然わからへん。けど、手をこまねいて待っとるだけなのは高史が言う通り変や。

裕子　……。
真子　けど、さすがに顔さらして言うのは勘弁や。だから、顔は絶対に出さんのが条件や。
裕子　そりゃ姉ちゃんはええよ。
真子　何や。
裕子　ちょっと抜けとるけど優しい旦那さんと一緒になって――。
真子　ちょっと待て。抜けとるは余計や。
裕子　子供も作って、狭いけどこうして住む家もあって――。
真子　ハハハハ。悪かったたな、狭くて。
裕子　なんだかんだ言うて幸せに暮らしとるんやから。ほんま清水さんはええ人や。滅多におらんで、人殺しの娘と自分の親と縁切ってまでして一緒になってくれる男は。
真子　……。
裕子　けんどうちは違うからな。こういうとアレやけど、こん中じゃ一番可愛いのに未だに結婚相手もおらんし。オカンのせいでずっとほんまのこと隠して生きてるし。
人々　……。
裕子　こん中じゃ一番可愛いのにこれからどうなるか全然わからへんし。
高史　（由利香に）何とか言うたれや。
由利香　確かにそうかもしれん。
裕子　うちは出んよ、そんな番組、何と言われようとも。仕事なくなったらどうやって生きていく言うんやッ。
高史　オカンの再審請求は棄却や。
人々　……。

高史　新しい証拠出さん限り、執行は免れへん。今、弁護士の先生が必死になって新証拠を探してくれとる。けど、もう時間がないんや。
人々　……。
高史　この前、弁護士先生に呼ばれて会うてきた。そン時言われたんや。
由利香　何て？
高史　「新しい証拠見つけるのは相当にむずかしい。けど、世論さえ味方につけることができたら法務大臣は簡単に執行命令は出せん」と。
人々　……。
高史　俺一人やなく、みんなが束になって捨て身で戦えば、世論は動くはずや。
人々　……。
裕子　捨て身？
高史　そや。
裕子　ハハハハ。ふざけんなッ。あんな女のために捨てる身はないわ！

由利香、スマホの動画を見る。
クリキンの音声が漏れる。

由利香　これやな、クリキン。
高史　ああ、そうや。
由利香　クリキンって歳いくつくらいなんや？
高史　さあ。俺と同い年くらいやないか。

由利香　ふーん。
真子　何や。
由利香　前に好きだったバイト先の男の子によう似とる。ハハ。
高史　ほなクリキンに会えるで、番組出れば。
真子　どういう勧誘や。
裕子　ちょっと待てや、高史。あんたこん中で書いとったんじゃないのか。

と高史が書いた本を差し出す。

裕子　「わたしがメディア通していろいろ取材受けんのは、事件と関係なく生きてるきょうだいたちにマスコミを絶対に近づけたくないからや」って。
高史　……。
裕子　うち、感動したわ。なんてええ弟なんやろうって。けど、それは嘘か？　大嘘ついて善人気取りで嘘書いて金儲けとるんか。
高史　嘘やない。それ書いた時は本気でそう思ってたわ。
裕子　今は違う言うんか。
高史　一人でやるには限界があるんやッ。だから、迷惑承知でこうして頭下げて頼んどるんやないかッ。
裕子　ふざけんなッ。

と高史に殴りかかる裕子。

高史　ふざけとんはどっちやッ。姉ちゃんは結局、自分のことしか考えとらんやないかッ。

ともみ合う二人。
真子と由利香、それを止める。
と清水が羊羹を持って出て来る。
高史から手を放す裕子。

真子　何？
清水　羊羹、やっぱ美味しいから食べてほしいなあと。
真子　おおきに。食べるからそこ置いといて。

清水、羊羹を置いて明るく振る舞う。

清水　これね、この前、お店のお客さんにもらったんや。わたし、基本的に甘いもんは苦手なんやけど、これはとっても——。

間。

清水　何かあったら呼んでね。
裕子　（ぶっきら棒に）どうもご親切に。

清水、その場を去る。

黙っている人々。

由利香　一つええかな。

と恐る恐る手を挙げる由利香。

由利香　いや、やっぱいいや。

真子　何や。

由利香　こういう機会やないとなかなか聞けんことやから言うけど。

真子　だから何や。

由利香　みんなはオカンが無実だとほんまに思ってるんか?

人々　……。

由利香　いや、言いたくないんやったら別に無理して言わなくていいんやけど。

人々　……。

高史　真相は誰にもわからへん。ほやけど、オカンの「やってない」って言葉を俺は信じるだけや。

人々　……。

高史　とにかくこのままでええわけない。

裕子　それを言うなら判決が出た十年前にそう言いや。

高史　さっきも言うたやろ。あン時、俺は二十歳や。そんな疑問持つほど頭よくないわ。

裕子　……。

高史　もらうで。

高史、羊羹を食べる。

由利香　オカンがやってないとすれば、真犯人は別にいるいうことやんなあ？

高史　そうなるわな。

由利香　それは誰なん？

真子　アホ。それがわかればこんなことになっとらへんわ。

由利香　そりゃそうやわな。

高史　けど、あの日、カレー鍋に毒入れることできた人間はオカン以外にもいたのは事実や。

由利香　自治会の誰か？

高史　あるいは、他所《よそ》から来た誰か。

由利香　……。

高史　もしも真犯人がいるなら、そいつは今も何食わぬ顔して平気で生きとる。

由利香　……。

裕子　ハハハハ。探偵ごっこもそのへんにしときや。うちら、真犯人探すために集まってるわけやないいんやから。

高史　由利香、冤罪とは何や。

由利香　……。

高史　何や、答えられへんのか。
由利香　馬鹿にすんな。そのくらいわかるわ。
高史　じゃあ言うてみ。
由利香　「やってもないことで罪に問われること」や。
高史　その通りや。
裕子　アホぬかすなッ。そんなこときょうだい揃うて訴えたらまたマスコミの餌食《えじき》や。面白おかしく書かれて、暮らしがようできへんようになるに決まっとる。
人々　……。
裕子　いや、それ以前に毒飲まされて死んだ人たちの家族がどう思う？
人々　……。
裕子　四人やでッ。四人も人が死んどるんやでッ。
高史　何度も言わせんな。それとこれとは話が別や。

黙ってしまう人々。
裕子、出て行こうとする。

高史　どこ行く。話はまだ終わってへんで。
裕子　トイレや、トイレ。

とその場を去る裕子。

真子　平行線やな。ちょっと休憩や。
高史　……。
真子　高史——少し頭冷やせ。喧嘩するために集まったんやないで。
真子、麦茶を注ぎ足したりする。
由利香　いただきまーす。
と羊羹を食べる由利香。
高史　……。
由利香、棚の上にあった家族写真を手に取る。
由利香　これ、懐かしいッ。いつの写真？
真子　みんなで北海道旅行った時やな。
由利香　ハハハハ。
真子　何や。
由利香　「こん中じゃ一番可愛い」裕子姉ちゃんも、この頃はこーんな。
と「太っている」とジェスチャー。

真子　ほんまや。ハハハハ。

遠くで蟬の声。
由利香、別の写真を手に取る。

由利香　いくつになった？
真子　何？
由利香　正人くん。（と示す）
真子　中学二年や。
由利香　これ運動会の？
真子　そや。
由利香　なかなかイケメンや。

由利香、写真を高史に渡す。

由利香　速いんやろ、足。
真子　学年一のスプリンターや。運動会じゃいつも一番。
由利香　へえ。
高史　……。
真子　何？

高史　いや、ちょっと思い出してな。
真子　何を。
高史　オトンとオカンが警察に連れてかれたのも運動会のあった日やったと思ってな。
由利香　そやったっけ。
高史　そや。あの日の朝、台所にオカンが作った弁当があったの覚えとるもん。
真子　はりきって弁当作っとったもんなあ。
高史　結局、俺が校庭で走ることはなかったけどな。
真子　……。

由利香、高史が書いた本を手に取る。

由利香　ナンボなん？
高史　何がや。
由利香　印税や。
高史　東野圭吾《ひがしのけいご》とはちゃう。
由利香　その番組出ると金くれるんか。
高史　当たり前や。登録者数二百万人やで。
由利香　いくら？　その額によっては考えてもええかもな。
真子　金は儲からへん。
由利香　え、なんで？
高史　手に入った金は全部、弁護士の先生の弁護費用に充てるからや。

由利香　……。
高史　そんくらいしないでどないすんねん。あの人たちはオカンのために手弁当で仕事してくれてるんやで。
由利香　……。
高史　ええか、間違えんといてな。俺は金儲けのためにこんなお願いをしとるわけやない。
由利香　……。

真子は本を見ている。

真子　ほやけど、笑うべきか悲しむべきか。
高史　何？
真子　この本の著者名や。

と本を掲げる真子。

真子　「カレー事件長男」って。ほんならあたしは「カレー事件長女」、あんたは「カレー事件三女」や。ハハハハ。
由利香　……笑えん。
真子　うちらがほんまの名前で世に出ることは二度とないんかな。
高史　……。

とそこへ裕子が清水とともに戻って来る。

裕子　ええから、ええから頼みますッ。
清水　そりゃわたしはいいけどな――。
真子　どしたん。
裕子　清水さんも身内や。ほんやからここにいてもろたほうがええ思ってな。構わへんやろ。
真子　まあ。
裕子　それにうちが高史と揉めるたんびに来てもらうのも気の毒や。

人々、無言でそれを了承する。
清水、真子の近くに座る。

裕子　興奮して悪かったわ。さっきも言った通り、うちの意見は変わらへん。けど、頭ごなしに高史に反対するのもアレや。だから、高史がどういう理由でオカンの冤罪を訴えるのか――それをここでもう一回説明してや。
人々　……。
裕子　それ聞いて、もしもうちがオカンのこと信じられたら考え直してもええわ。
人々　……。
裕子　この人にも話、聞いてもろたほうがええ思ったのは、スマホの向こうにいる視聴者はこういう人やと思うからや。あんたの話でうちとこの人を説得できんならこの話には乗れんちゅうことや。ええか？

高史　ああ。

きょうだいちたちはそれぞれに座る。
高史はバッグからノートを取り出す。

高史　まず事件の概要や。事件が起こったのは今から二十一年前、一九九八年の七月二十五日。事件の舞台は和歌山県の田舎町。その日は自治会主催の夏祭りが行われてる日やった。

蝉が大きく鳴く。
明かりの印象が変わる。

真子　地域の親睦を深めるために行われるその夏祭りでは、地域の主婦たちが作ったおでんやカレーが人々に振る舞われる。
裕子　午後四時、カレー鍋が会場に設置されたコンロに運ばれ、祭りに参加した人たちに配られ始めた。
由利香　しばらくして、カレーを食べた人たちが身体の異変を訴えてバタバタと倒れ出した。
高史　その結果、カレーを食べた合計六十七人が病院に搬送され、そのうち自治会の男性二名、小学生の男の子、女子高生の合計四人が死亡した。
真子　その後、検査の結果、毒物はヒ素と特定され、警察当局はこの事件を何者かがカレー鍋にヒ素を入れて人々を無差別に殺傷した殺人事件と断定。
裕子　事件から約二カ月後の一九九八年十月、当局はカレーの見張り番をしていた同地区に住む

由利香　主婦を逮捕する。
高史　逮捕された容疑者の名前は森田真純――うちらのオカンや。
真子　真純は以前にもヒ素を使った保険金詐欺を夫とともに働いていて、巨額の保険金を得ていたことが判明する。
　　　夫――つまり、うちらのオトンの元の仕事は白アリ駆除で、ヒ素は森田家のごく身近にあった。
裕子　マスコミは逮捕前から事件を大々的に報道。
由利香　夫婦の自宅前には二百人に及ぶ報道関係者が取り囲み、騒然とした日々が続く。
高史　二人は保険金詐欺の容疑は認めたものの、オカンはカレー鍋への毒物混入に関しては全面無罪を主張。
真子　しかし、検察は状況証拠を積み上げ、その日、カレーに毒を入れることができたのは真純しかいないと断定、真純を殺人罪で起訴する。
裕子　オトンは保険金詐欺容疑で起訴され、有罪が確定し、一九九九年に滋賀刑務所に服役、二〇〇五年に刑期を終え出所。
由利香　オカンは容疑を否認したまま二〇〇二年、完全黙秘で臨んだ和歌山地裁での第一審で死刑判決。
高史　控訴の後、二〇〇五年、大阪高裁は控訴棄却。死刑判決を支持する。
真子　上告の後、二〇〇九年、最高裁が上告を棄却。死刑が確定する。
裕子　二〇〇九年、オカンの弁護団は一回目の再審請求。しかし、二〇一七年、和歌山地裁はそれを棄却。
由利香　二〇一七年、弁護団は高裁に即時抗告。

高史　二〇一九年現在、死刑執行はされんままオカンは大阪拘置所に収監中や。

蝉の鳴き声が止む。

高史　ここまではええかな。
清水　両親が逮捕された後、身寄りのないあんたらは児童養護施設へ行き、卒業後、それぞれの道を行くわけやな。
高史　そうです。
清水　事件当時、高史くんは小学生。
真子　四年生や。あたしは中三、裕子は中一、由利香はまだ四歳や。
清水　施設では「人殺しの子供」言われていじめられ、辛い毎日やったんやろ。
高史　まあ。
清水　ほんま大変やったんやなあ。（と泣く）
高史　あの、清水さん。同情してくれるのは嬉しいけど、話の焦点はそこやないんで。
清水　あ、すんまへん。
裕子　で、どない言いたいねん。
高史　え？
裕子　あんたがオカンが冤罪やと主張する理由や。
高史　最大の理由はこの事件には物的証拠が何一つないちゅうことや。裁判所がオカンを有罪にした理由のすべてが状況証拠に拠ってるんや。（ノートを見て）順を追って言うで。まずオカンが疑われた理由や。

それを聞いている人々。

高史　オトンとオカンがヒ素中毒を利用して保険金詐欺をやっとったことは事実や。正確な額はようわからんところもあるけど、何億って金や。

人々　……。

高史　身近な人を含め、オトンは自らその毒飲んでまでして保険金をだまし取ってたわけや。ヒ素はうちらの身近にあった。だから警察が疑うのも無理はない。けど、これは状況証拠や。

人々　……。

高史　にもかかわらずマスコミは裁判も始まらん前からオカンを犯人と決めつけて偏向報道や。

清水　すごい数やったもんねえ、マスコミの人の数。

真子　今なら確実に人権侵害で訴えられるわ。

由利香　後から聞いたんやけど、そん時やね、オカンがそいつらにホースで水撒いたの。

真子　そやそや。

高史　確かに胡散臭い夫婦やったことは事実や。だけんども、夏祭りのカレー鍋に毒入れて無差別に人を殺しても保険金はびた一文出ん。もし、オカンがやったとするなら、何でそんなことせにゃあかんねん。

人々　……。

高史　「あの女が金にならんことするはずない」――オトンもそない言っとるやないか。

由利香　自治会の主婦たちと揉めたって聞いたけど。オカンがカレー作るのに協力しなかったから。

高史　検察側の見立てはそういうこっちゃ。（ノートを見て）「被告人は主婦仲間に疎外されて激

裕子　高し、犯行に及んだ」ちゅうてる。けど、そんな理由でカレーに毒入れるか？
高史　オカンやて人間や。小さなことでめちゃ怒ることもないとは言えへんやろ。
人々　百歩譲ってそうだったとして、そんな理由で無差別に人殺すか？　嫌がらせにカレーにツバ入れたとちゃうんやで。
高史　……。
人々　実際、裁判でもその動機は採用されとらん。裁判官たちも「そんなことはあらへん」と判断したわけや。
高史　……。
人々　つまり、犯行動機が解明できていないまま裁判やったっちゅうわけや。
高史　……。
清水　そんで動機はわからんまま死刑判決や。どうですか、おかしいと思わんですか。
高史　まあねえ。
清水　清水さんは料理人ですよね。
高史　ああ。
清水　同僚が気に入らんちゅうてそいつが作った料理に毒入れますか。入れへんでしょう。
高史　けど。
清水　けど何ですか。
真子　警察や裁判所があの人、犯人と決めたんはもっと決定的な証拠があったからやないですか。
清水　何や。
裕子　そやからヒ素の成分が――。
　　　そうや。成分が一致したことが決定打やったはずや。

由利香　つまり——？
裕子　カレーの中にあったそれと家にあったヒ素の成分が同じいう鑑定結果が出とるんや。
高史　その通りや。もっと正確に言えば、カレーの中のヒ素と家の台所から見つかったプラスチック容器ン中にあったヒ素の成分が一致したいう鑑定や。
清水　ですやろ。
高史　これもあくまで状況証拠に過ぎんけど、オカンの犯行を裏付けるに足る重大な鑑定や。誰もが「これで決まりや」思うたに違いない。
人々　（うなずく）
高史　ほやけど、この鑑定がまちごうてたらどうや？
清水　そうなんですか。
高史　事件から十四年後、つまり二〇一二年にその鑑定がまちごうてることを証明してくれはった人がおるんや。
人々　……。
高史　どこぞの馬の骨やない。京都大学の教授の鑑定や。カレーのヒ素と台所のヒ素を同じもんとするのはおかしいちゅう鑑定結果や。だからヒ素でオカンの犯行を裏付けることはできんちゅうことや。
人々　……。
高史　加えて、最初にヒ素が同じもんやと鑑定書作った警察の研究員が、別の事件の鑑定でも証拠の捏造しとったことがわかり、そいつは有罪判決を受けとるんや。
清水　つまり——。
高史　オカンが犯人やと決定づけた証拠の信用性は疑わしことこの上ないちゅうことや。

人々　……。
高史　さらにや。家の台所から見つかったプラスチック容器に入ったヒ素は、家宅捜索が始まってから四日も経って見つかっとる。八十人がかりで捜索して四日や。なんでこんなに時間かかっとるねん。
人々　……。
高史　そもそも俺ら家族も一度も見たことない容器や。極端に言えば、誰かがオカンに罪を着せるために証拠を捏造した可能性さえ感じるやないか。
人々　……。
真子　毛に着いてたのはどうなん。
裕子　何や毛って。
真子　ホラ、オカンの髪の毛にヒ素がついてたちゅうやないか。
高史　それも京都大学の先生の鑑定じゃヒ素やなくて鉛やった可能性があるちゅうことや。
清水　鉛？
高史　そうや。
清水　京都大学は大活躍やな。ハハハハ。あ――すまへん。
裕子　他にはないんか、あんたの言い分は。
高史　まだある。じゃあ、これはどうや。

とノートのページをめくる高史。

高史　警察はオカン以外に犯行はできへんかったと結論づけとるが、それはあくまで犯人は夏祭りに参加しておった自治会の人間の中にいるちゅう前提の話や。

人々　……。

高史　ぎょうさんおる自治会の人間の証言を元に、カレーに毒を入れる機会があったのはオカンだけやちゅう結論を出しとるが、もしも、それ以外の人間が犯人やったらどうや。

清水　外部の人間ちゅうこと？

高史　そや。現にあの日、オカンと一緒にカレーの見張りしとった裕子はこう言ってるやないか。

清水　どない言っててるねん。

高史　言うたれや。

裕子　昔のことや。もう忘れたわ。

高史　（ノートを見て）「オカンが二十分くらい持ち場を離れたことがある。だからその間に他の誰かがカレー鍋に近づくことはできた」――。

清水　そうなんや。

高史　けど、裁判じゃ「身内の証言は当てにはならん」と証言却下や。

清水　……。

高史　その代わりに採用されたんが近所に住む女子高生の目撃証言や。

清水　どんな？

高史　（ノートを見て）「正午から一時にかけて白いTシャツを着て首にタオルを巻いた髪の長い女が一人でカレー鍋の周りを歩き回り、鍋の蓋を開けた。その女は真純だった」と。

人々　……。

高史　オカンはその日、黒いTシャツを着とったし、髪も短かったにもかかわらずや。

人々　……。

高史　清水さん、知っとりますか。あの町じゃ昔からけったいな事件がいくつも起こってること。
清水　と言うと？
高史　（ノートを見て）一九八八年に新聞配達しとった女子高生が刃物で首切られて殺されとるし、その後も二つ殺人事件が起こうとる。住人同士のいざこざが原因で飼い犬がぎょうさん毒殺されたこともあるんや。
人々　……。
高史　女子高生と犬の毒殺事件の犯人は捕まっておらん。
裕子　だから何や。
高史　だから——。
裕子　だから真犯人はオカン以外の町の誰かや言いたいんか。
高史　その可能性はあるやろ。
裕子　じゃあそいつをここに連れてきいや。
高史　……。
清水　（手を挙げる）
高史　どうぞ。
清水　まったく知らんことやったんけど、事件当日、裕子ちゃんもオカンと一緒に見張りしとったんか、カレー鍋の。
高史　そうやな。
裕子　してたよ。
清水　てことは、その——。

清水、じっと裕子を見る。

裕子　何や。
清水　いや。
裕子　うちがカレーに毒入れた真犯人やとでも言うんか。
清水　そんなこと言ってへんやろ。
高史　清水さんがそう思うのも無理はない。実際、ネットじゃ次女犯人説はまことしやかに囁かれとる。お前も見たことあるやろ。
裕子　「すんません。ほんまはうちがやりましたッ。ごめんなさいッ」――ンなわけあるわけあるかッ。アホくさ。
真子　けど、確かに当時、裕子はオカンと体型がそっくりやったのはほんまや。
由利香　何キロあったん？
裕子　知るか。
由利香　それが今じゃこの体型や。努力したんやね。
裕子　ええ加減にせいよ。それ以上言うたらシバクぞ。
由利香　おーコワ。
清水　話そらさんといて。
真子　ごめん。
高史　つまりや、女子高生が見た女はオカンやなくてデブやった裕子だった可能性が高い。
清水　なるほど。
裕子　（怒って）……。

高史　そんな頼りにならん証言を裁判所は採用しとるわけや。
人々　……。
高史　そんでこんだけ不確実な証拠で最高裁はオカンに死刑判決を言い渡したんや。
清水　弁護団はどない訴えとるねん。
高史　もちろん、弁護団は証拠の不備を突いて何度も無罪を訴えよった。けど、どげな理由かわからんがのらりくらりと訴えをかわして有罪判決を変えん。
人々　……。
高史　最高裁の判決文はこうや。（ノートを見て）「被告人の犯行は合理的な疑いをさしはさむ余地のない程度には証明されている」――。
人々　……。
高史　俺に言わせれば「疑いだらけやないかい！」と突っ込み入れたくなる判決や。
人々　……。
高史　状況証拠は実に一七〇〇点。だけんどもそのすべてはオカンがやったかもしれへんというだけのもんや。
人々　……。
高史　そんな状況証拠だけでオカンは死刑判決を受け、「やってへん！」と何度叫んでも誰もその声に耳を貸そうとはしなかったんや。

黙ってしまう人々。

高史　どや、これでもまだオカンの冤罪を訴えるのはおかしい言うんか。

人々　……。
高史　黙っとらんで何とか言うてくれよ。
由利香　それだけおかしいことがあっても裁判所が再審認めてくれへんのはなんでや。
高史　そりゃこっちが聞きたいことや。
人々　……。
高史　清水さん。
清水　ハイ。
高史　あんたはどう思われますか。
清水　……。
高史　これだけおかしなことがあっても声を上げるのは変なことですか。
清水　全然変やないと思う。いや、変などころかこれがほんまのことならむしろ声を上げなかいかん思う。
高史　ですやろ。
清水　今みたいに防犯カメラがそこいら中にあって、それに犯行が映ってたというんなら文句はないで。けど、見たものは誰もおらんとなればそりゃなあ。
高史　ありがとう。

と清水の手を握る高史。

高史　どや裕子。スマホの向こう側におる視聴者はそう言ってくれとるんやで。
裕子　……。

高史　それでもまだ俺に協力してくれる気にはならんか。
裕子　別に警察の肩持つつもりもないけどな、うちが見た裁判で検察官のオッサンは裁判官に言うてたで。
高史　何をや。
裕子　「朝起きたら雪が積もっとった。ならゆうべの夜に雪が降ったいうことは誰にでもわかる。それが状況証拠や」いうて。うち、説得されたわ。
高史　お前はオカンの言うこと信じんで検察官の言うこと信じるいうんかッ。
真子　まあ待ちない。それはそれ、これはこれや。
高史　何や。
真子　あんたの説明で、オカンが冤罪かもしれへんことはよくわかった。けど、世間の人たちはすでにオカンがやったと信じとる。そんな中で声を上げるのは相当に覚悟を決めなできんことや。
高史　……。
真子　裕子の気持ちもようわかるわ。
裕子　……。
真子　あんたは男、うちは長女や。戦うとなったら徹底してやらなあかんと思っとる。だからうちはあんたの提案を飲む気になったんや。けど、裕子と由利香は女や。今の生活と未来があるんや。そんな危険な目にあわせてまであんたの提案に乗るのは酷や。
高史　けど――。
真子　最後まで聞き。
高史　……。

真子　世論を動かす言うたな、あんた。
高史　え？
真子　うちら子供たちが声を揃えてオカンの冤罪を訴えれば世論は動く、と。
高史　そや。
真子　ほんまにそれで世論は動くか？
高史　……。
真子　うちらが団結して「オカンは無罪です！」ちゅうたら世間様は耳を貸してくれるか？
高史　……。
真子　うちはそうは思わん。

人々、真子を見る。

真子　「人殺しの子供たちが今さら何を言うとるか！」「この期に及んで未練がましいこと言うんやない！」——そんな反感買うて終わりや。
高史　……。
真子　誤解せんといてな。だからやっても無駄やと言っとるんやない。だからこそうちはあんたに協力しよう思うてる。ちょっとしたドン・キホーテや。
高史　……。
真子　だから頭ごなしに「協力せい！」と命令するんやなく、裕子は裕子、由利香は由利香の考えを尊重してやりいや。
高史　……。

真子　第一、無理やりそんなことやらせてええ結果を生むわけないやないか。
高史　……。
真子　ほんまのこと言うで。

人々、真子に注目する。

真子　うちはオカンのこと信じきれへん。
人々　……。
真子　もちろん無罪であってほしいとは思う。けど、万に一つ、どんな理由があったにせよオカンがほんまにあんなことやった可能性を捨てきれへん。
人々　……。
真子　ゆうべ、雪が降らんかったら朝、雪は積もらん。
人々　……。
真子　なんでそう思うか？　それはうちがオカンの娘やからや。

黙って真子を見ている人々。

真子　あんたこの前、ここに来てそんことうちに相談したよな。
高史　ああ。
真子　うちもいろいろ悩んだで。下手にそんなことすればわたしらだけやなく正人にも嫌な思いさせることになるからな。

人々　……。
真子　こン人（清水）は「声上げなきゃ変や」言うてくれたけど、身内はみんな玉砕覚悟や。
人々　……。
真子　けど、そんな危険冒してうちがお前の提案に賛成すんのはオカンのためやない。オカンのこと信じてるあんたのためや。

高史、そんな姉の言葉に泣きそうになる。

真子　ま、女とちごうて母と息子っちゅうのはそういうもんかもしれへんな。

と正人が写った写真を見ながら言う真子。
遠くでヒグラシが鳴く。

人々　……。
真子　演説は終わりや。二人の結論は出たか。

と由利香と裕子を見る真子。

由利香　確認やけど顔は出へんやな。
高史　ああ。
由利香　出るのはうちの声とモザイクかかった顔だけ。

高史　そうや。
由利香　ほんならわたしは出てもええよ。
人々　……。
由利香　ただし、一つだけお願いが。
高史　何や。
由利香　少しでええから出演料がほしい。
高史　……。
由利香　勘違いせんといてな。金目当てに出るんやないで。けど、そうしてくれれば心ン中で折り合いがつく思うんや。
高史　……。
由利香　どや？
高史　ああ、それで交渉成立や。
由利香　サンキュー。
真子　あんたクリキンに会うたくてそんなこと言っとるんやないの。
由利香　ちごうわ。

間。

真子　裕子の答えは？
裕子　……。
真子　さっきも言うたが、何も無理せんでええんやで。出とうないならそれでいい。

裕子　答えを言う前に一つ聞きたいことがある。
真子　何や。

裕子、清水を見る。

清水　え、わたし？
裕子　清水さんにずっと聞きたかったことがある。
清水　何？
裕子　なんでや。親捨ててまでなんで姉ちゃんと一緒になったんや。
清水　……。
裕子　そりゃうちのオトンやオカンみたいに滅茶苦茶やっとった親なら縁切るのもわからくはないで。けど、清水さんの親は普通の親や。
清水　……。
裕子　親兄弟と縁切ってまで人殺しの娘となんで一緒になろう思ったん。
清水　……。

人々、清水の言葉に耳を傾ける。

清水　なんでやろうなあ。自分でもようわからへん。
人々　……。
清水　けど、一つだけ言えんのは真子は真子やっちゅうことや。真純さんやオトンは関係ない。

人々　……。
清水　だってそうやないか。真子は何も悪いことしたわけやないんやから。
人々　……。
清水　わたしは正人の父親として「お前の母ちゃんは何もまちごうたことしてへんで」って言いたいんや。

由利香、泣いてしまう。

真子　アホ。何泣いてんねん。ここで泣くのはうちや。
由利香　だって――。
裕子　後悔しとらんの、姉ちゃんと一緒になって。
清水　……そりゃしとるよ。
裕子　え？
清水　あれせいこれせい、毎日毎日こき使われて。もうへとへとや。ハハハハ。
裕子　……。
高史　……。
由利香　……。
真子　……。

と雨が降ってくる。

真子　嘘やろ。予報とちゃうやんか。洗濯物——。

と部屋から出て行こうとする真子。
清水、それを止める。

清水　やらんでええ。お前は裕子ちゃんの答え聞かなあかんのやから。

清水、去ろうとして、

清水　（裕子に）柄にもなく偉そうなこと言うてもうた。無理せんでな。

清水、洗濯物を取り込むためにその場を去る。
舞台に残る四人きょうだい。
みな一様に黙って雨を見つめている。

裕子　うちな、付き合うとる人がおるねん。
人々　……。
裕子　ホームヘルパー——同じ職場の先輩や。
人々　……。
裕子　バツイチやけどえらいええ人や。
人々　……。

裕子　この前、プロポーズされた。
人々　……。
裕子　うち、彼に親は交通事故で死んだ言うて嘘ついてて。
人々　……。
裕子　ほんまのこと言うかどうかものすごく迷うてた。
人々　……。
裕子　そやから高史の提案、引き受けたらそんな嘘もバレるに決まっとる。
人々　……。
裕子　だから反対したんや。
人々　……。
裕子　高史の言う通りや。
人々　……。
裕子　うちはうちのことばっかりや。
人々　……。
裕子　けど決心はついた。
人々　……。
裕子　彼にほんまのこと言うわ。
人々　……。
裕子　清水さんみたいな男の人も世の中にはおるんや。
人々　……。

裕子、高史に背を向けたまま、

裕子　高史——。
高史　うん。
裕子　あんたの提案、前向きに考えるから、もう少しだけ待ってくれへん。
高史　ああ。
裕子　オカンのこと彼が知って、どう言うか——それでうちの腹も決まると思うんや。
高史　かまへんよ、俺は。
裕子　ありがと。

照れくさそうに互いの顔を見る四人のきょうだいたち。

真子　じゃご飯食べるかッ。
由利香　やったあ！　腹ペコ腹ペコ。
真子　相変わらずやね、あんたは。
由利香　それは相変わらず可愛いってこと？
真子　アホ。子供や言うてんねん。
由利香　だってほんまに腹ペコやもん。
真子　期待せい。旦那のビーフシチューは絶品やで。
由利香　ほんま酷やで。こんなええ匂いしてんのになかなか話が終わらんのは。
真子　ホラ、あっちで食べるから準備すんの手伝って。

由利香　ホイホイ。
真子　裕子もホラ、お手伝いお手伝い。

由利香と裕子はその場を去る。
真子は麦茶のコップなどを片付ける。
高史は窓から雨を見ている。

高史　何て言うたらええかわからんけど。
真子　うん。
高史　恩に着るわ。
真子　ほんまやで。こんなええ姉ちゃんは滅多におらんぞ。ハハハハ。
高史　（苦笑して）……。
真子　これも一つの運動会や。
高史　え？
真子　前に走れなかったぶん、今度は思い切り走りや。

高史、真子を見る。

真子　（笑顔）
高史　（涙で顔が歪む）
真子　アホ。泣くな、男が。

高史　……。
真子　オカンも言っとったやろ。
高史　……。
真子　「逃げたらあかん。立ち向かわんと」──。

真子、その場を去る。

舞台に一人残る高史。

とそこに小学校の運動会の状況音（歓声）が聞こえてくる。

高史、その場でしゃがむ。

スタートラインの高史。

徒競走。

パンというスターターの音が響き、校庭を走る小学生に声援を送る人々の歓声が聞こえてくる。

高史、その場を去る。

高まる歓声。

暗くなる舞台の隅に森田家の家族写真が入った写真立てが浮かび上がる。

その歓声は新しい競技＝闘争に挑む高史ときょうだいたちを応援しているよう。

〔引用・参考文献〕

『もう逃げない。いままで黙っていた「家族」のこと』（林眞須美死刑囚長男著／ビジネス社、二〇一九年）
『「毒婦」和歌山カレー事件20年目の真実』（田中ひかる著／ビジネス社、二〇一八年）
――他

夜のカレンダー——世田谷一家殺害事件—

［登場人物］

金子由紀（被害者の姉／六二）

金子康太（その息子／三二）

渡辺きよみ（康太の恋人／二八）

土本（元刑事／五五）

高田（近隣住民／女／五〇）

※本作は「世田谷一家殺害事件」を題材に、事件における事実に即して書かれている。犯行現場の老朽化にともない、警察が遺族に家屋の取り壊しを打診したことや遺族が現場をメディアに公開したことは事実だが、登場人物の名前やエピソードは架空のものであり、作者が作り上げたフィクションである。

開演時間が来ると舞台にスーツ姿の一人の女（由紀）が出て来る。
カメラマンたちのシャッター音が聞こえ、フラッシュがたかれる。
定位置に着いて会見する由紀。

由紀　お集まりいただき、ありがとうございます。わたしはこの事件の犯人は誰なのか――それを推理をしてほしくてこの現場を公開したわけじゃありません。この場所で普通に暮らしていたけれど、ある日、いきなり命を奪われた妹の家族の生活をみなさんに体感してほしい――そう望むからです。この公開を通じて、メディアの力によって現場の空気を感じていただき、事件を決して忘れることなく、解決してほしいと心から望んでいます。

と舞台の隅に康太が出てきて、由紀を見る。
康太は手に写真のアルバムを持っている。

由紀　この事件が起きたのは今から二十年も前のことです。このテレビをご覧になる方《かた》の中には「そんな昔の事件を今さら騒ぎ立ててどうする?」と思う方もいるかもしれません。けれど、この事件の犯人は未だ逮捕されていません。未解決なんです。老朽化を理由に警察の方から建物の取り壊しを打診されたのは去年の三月です。迷いもしましたが、そんな状態でこの建物を取り壊すことはやはりできないという結論に達しました。これを機会にもう一度、事件のことを思い出していただき、事件を風化させることなく解決に導いてもらうことをここに深くお願い申し上げます。今日はこうしてお集まりいただき、本当にありがとうございました。

由紀は頭を下げてその場を去る。

康太は観客に語りかける。

康太 彼女はわたしの母だ。世田谷一家殺害事件——そう言っても知らない人もいるかもしれない。事件が起きたのは二〇〇〇年の十二月三十日の夜。世田谷区にある会社員の家に何者かが侵入し、この家に住む幼い子供を含む四人家族が殺害された。

康太は手にしたアルバムをめくる。

康太 母は亡くなった家族の妻の実の姉——名前を金子由紀という。母は事件当時、犯行が行われた会社員宅に隣接する家に父とわたし、祖母とともに暮らしていた。凄惨な事件だったが、犯人逮捕は時間の問題とされていた。犯人が現場に遺留品を多数残していたからだ。にもかかわらず結果は人々の期待を裏切ることになった。二〇二〇年現在、犯人は逮捕されていない。事件から二十年目の冬——。

康太はその場を去る。
風が吹いて、部屋の片隅にあるカレンダーに明かりが当たる。
そこに「２０００年」「平成十二年」という文字が見える。
と暗くなる。

※

明かりが入ると、そこは一軒家の居間。
二〇二〇年の一月のある日の夕刻。
ソファとテーブルがあるが、生活感はほとんどない部屋。
部屋の片隅には段ボール箱がいくつか。
壁に「２０００年」という文字が見えるカレンダー。
舞台の一角に窓があり、その向こうにブルーシートが少しだけ見える。
ここは世田谷一家殺害事件が起こった犯行現場に隣接する家屋の一室である。
この家には、かつて殺害された妻の姉が夫と息子、母親とともに住んでいた。
電気掃除機の駆動する音が聞こえる。
軽装の若い女（きよみ）が雑巾を持って出て来る。
部屋の電気のスイッチを点ける。
そして雑巾で部屋のテーブルなどを拭く。
掃除機の駆動音が消え、そこへエプロン姿の高田がやって来る。

高田　電気のスイッチわかった？
きよみ　ハイ、そこに。

高田　そう。何かわからないことあったら言ってね。
きよみ　ありがとうございます。

掃除するきよみ。

高田　もう見てきた？
きよみ　ハイ？
高田　隣――。
きよみ　いいえ、まだ。
高田　そう。
きよみ　見ました？
高田　いいえ。何か怖くて。
きよみ　ですよね。
高田　いいの、見なくて？
きよみ　康太さんが無理に見なくてもいいって言うから。
高田　そう。

高田は近くにあった段ボール箱を移動したりする。
掃除するきよみ。

きよみ　高田さんですよね。

高田　ええ。
きよみ　一つ聞いていいですか。
高田　何?
きよみ　こっちもあっちもずっと電気止まってないんですね。
高田　そうね。
きよみ　その電気料金って誰が。
高田　警察よ、決まってんじゃない。
きよみ　へえ。
高田　それだけじゃなく水道もね。ま、犯人逮捕まで保存してくれって頼んできた人が払うのが筋ってもんでしょう。——あ、そこ（ソファ）さっき、あたしがやったからもう大丈夫よ。
きよみ　あ、ハイ。

一息、入れる二人。

高田　まあ、大した額じゃないけど、警察は毎月、幻の犯人のために維持費を払ってるってわけ。
きよみ　ずっとこの辺にお住まいなんですか?
高田　そうよ。その川の向こうの一戸建て。
きよみ　ここのとは昔からのお付き合い?
高田　ここの奥さん、あたしの息子の先生だったのよ。
きよみ　先生?
高田　聞いてないかもしれないけど、由紀さんと亡くなった妹さん、昔ここで学習塾やってたの。

きよみ　その時の――。
高田　そう。と言っても息子が中学生の頃の話だけど。
きよみ　じゃあ康太さんもよく知ってる？
高田　康くんはあたしの息子より二つ上。けど、息子と同じ小学校だった。
きよみ　そうなんですね。
高田　そうなのよ。何も言ってなかった、旦那さん？
きよみ　まだ結婚してません。
高田　でももうすぐするんでしょ。
きよみ　はあ。
高田　そっちの部屋、二十年前は教室でもあったのよ。

と部屋の隣を示す。

高田　だからここは我が家みたいに詳しいの。
きよみ　なるほど。
高田　でも、ほんとびっくりよ。
きよみ　何がですか。
高田　康くんがあんな立派になって。しかもこんなお嫁さんもいるんだから。
きよみ　まだ結婚してません。
高田　ほんと二十年なんてあっという間よね。

とそこに康太がやって来る。

康太　あ、どうも。お疲れ様です。
きよみ　お母さん、大丈夫?
康太　ああ、すぐ来るよ。
きよみ　終わったの、あっちの掃除は?
康太　一応――。
きよみ　そう。ご苦労様でした。
高田　この人にちゃんと言っといてくれなきゃあ。
康太　何をですか。
高田　わたしが知り合いのお母さんだったって。
康太　そりゃ失礼しました。

そこへ髪を束ねたパンツルックの由紀が来る。
彼女は世田谷一家殺害事件で妹家族を失った被害者遺族である。
六十代の女性。

由紀　あー疲れたッ。みんなもご苦労様、ありがとう。お茶でも飲んで、ゆっくりして。

とペットボトルが入った袋を康太に渡す。
康太、飲み物を配る。

由紀は手にアルバムを持っている。

康太　何それ。
由紀　アルバムよ、家の。そこにあったから。
康太　勝手に持ち出すとまずいんじゃないの？
由紀　うちのアルバムだもの、平気よ。ずっと探してたの、これ。やっぱりこっちに置いてっちゃったのよ。
きよみ　いいですか、見せてもらって。

由紀、アルバムをきよみに渡す。

由紀　高田さん、ほんと助かったわ。いろいろ助けてくれてほんとにありがとう。
高田　どういたしまして。こっちの掃除はだいたい終わってます。
由紀　重ね重ね。（と頭を下げる）
高田　何時なんですか、明日。マスコミの人たちが来るの。
由紀　えーと午前中。十時に新聞社が三つとテレビ局が二つ。
高田　ここに直接？
由紀　そう。お茶くらい用意したほうがいいわよね、やっぱり。
康太　俺が買っとくよ、ちゃんと。
高田　よかったらわたし、ポットと湯呑は用意しときますけど。
由紀　ほんと、悪いわね。じゃあお願いしようかしら。

高田　いいえ、そのくらいのこと。
由紀　ここにも湯呑はあるけど、ずいぶん長いこと使ってないから。助かるわ、ほんと。

きよみ、アルバムを見ている。

きよみ　これ、お父さんよね。
康太　ああ。
きよみ　お母さんも若い。
康太　……。
きよみ　これ、康太さん？　ハハハハ。
康太　（見て）別におかしかないだろ。
きよみ　だって、こんな（頬を膨らませる）顔。
人々　……。
高田　遅ればせながら旦那さん、ご愁傷様でした。

と由紀に挨拶する高田。

由紀　ありがとう。けど、こっち（夫）は病気で亡くなったんだから。
高田　もうずいぶん前ですよね。
由紀　二〇一〇年――ちょうど十年前。
高田　もうそんなになるんですね。

人々　……。

由紀　お宅のご主人はお元気なの？

高田　幸いなことにからだだけは。

由紀　それはよかった。

　　カラスが鳴く。

　　由紀、窓から庭を見ている。

由紀　……。

高田　ブルーシートがなければ公園までもっとよく見えるのにね。

由紀　ふふふふ。怖かったの、よーく覚えてる。

高田　え？

由紀　引っ越すまで、ここに住んでた頃。そこら中に張り巡らされたブルーシートが、夜、風でバタバタ揺れて。

人々　……。

　　康太、外を見る。

康太　ずっと気になってたんだけど、あれ、何？

由紀　何？

康太　ホラ、あれ。

と庭の一角を指さす康太。

高田　詰所よ、お巡りさんの。

康太　詰所？

高田　今年からいなくなっちゃったけど、ずっとこの家の玄関先にはいっつもお巡りさんが立ってたから。その待機場所。

きよみ　そうなんですね。

高田　二十年もの間、二十四時間体制よ。

きよみ　すごい。

康太　つまり、それだけ現場保存が重要だったたってことだろう。

人々　……。

由紀　それが今じゃ「取り壊してくれ」だものねえ。

カラスの鳴き声。

由紀　こっちはまだいいけど、雨漏りしてるのよ、あっちのキッチンの辺り。この間、見てびっくりしちゃった。

人々　……。

由紀　外から見ると西側の壁もヒビが入ってるし——ほんと困ったもんよ。

高田　……。

由紀　高田さん。
高田　ハイ。
由紀　あなたも賛成？　あなたも警察が言う通り、この家を取り壊したほうがいいと思う？
高田　……。
由紀　「老朽化して家屋が倒壊したら危険だ」――警察に言われなくてもそんなことは百も承知よ。けど、犯人が捕まってないのにここをなくしたら、世の中の人はこの事件のことどんどん忘れるに決まってる。
人々　……。
由紀　だからわたしは妹の家を隠すんじゃなくて公開することにしたの。
人々　……。
由紀　あの日、そこで何が起こったのか――みんなが記憶に刻んで絶対に忘れないように。犯人が捕まるまで。
人々　……。
由紀　ごめんなさい、変なこと聞いて。答えづらい質問よね。
高田　そんなことないです。わたしは断然、由紀さんを支持します。
由紀　そう。
高田　だいたいがですよ、ここを壊すとかそんなこと言う前に早く犯人を捕まえろってことですよ。
由紀　ありがとう。

カラスの鳴き声。

高田　あ、あたし、ちょっと家に戻りますから。ご飯の支度しなきゃいけないんで。何かあったら（と携帯電話を見せ）呼んでください。それじゃ。

とその場を去る高田。

由紀　きよみさんもありがとうね。手伝ってもらって助かった。疲れたでしょ。
きよみ　大丈夫です。
康太　ご苦労様。悪かったな、ほんと。こんなこと手伝わせて。
きよみ　いいの、気にしないで。

カラスの鳴き声。

きよみ　あの。
由紀　うん。
きよみ　いい機会だから思い切って聞きますけど。
由紀　何？
きよみ　いいえ、やっぱりいいです。
康太　何だよ。
きよみ　あたし、康太さんに聞くまで事件のことよく知らなくて。一応、ネットで調べたりはして、大まかなことはわかったんですけど、よくわからないこといっぱいあって。

由紀　うん。
きよみ　でもお二人にとってはきっと思い出したくないようなことでしょうし。
二人　……。
きよみ　なかなか質問もしづらくて。
由紀　いいのよ。他ならぬ息子の彼女だもの。この際、聞きたいことがあったら何でも聞いてちょうだい。
きよみ　はあ。
由紀　大丈夫。心の傷はそれなりに癒えてるから。
きよみ　事件が起きたのは――。
由紀　二〇〇〇年十二月三十日。ふと開けたキッチンの窓から入ってきた風が冷たい年末のとても寒い日だった。

風が吹く。

康太　犯行時刻は、その日の午後十一時三十分から未明にかけて。
由紀　世田谷区上祖師谷《かみそしがや》三丁目――テニスコートや運動場に隣接する祖師谷《そしがや》公園の中にある一軒家。
康太　会社員の宮沢みきおさんの家に何者かが侵入した。

舞台の壁面にスライドを投射する。
映像①犯行現場の家。

由紀　犯人は鋭利な柳刃包丁を使い一家四人に襲い掛かった。
康太　その結果、この家に住む四人家族――四十四歳の夫・みきおさん、四十一歳の妻・泰子さん、八歳の長女・にいなちゃん、六歳の長男・礼くんが殺害された。

映像②殺害された家族写真。

由紀　礼くんだけが首を絞められていたが、他の家族たちは刃物を使ってめった刺しにされていて、辺りは血の海と言っていい凄惨なものだった。

映像③事件現場。

康太　警視庁は殺人事件として成城警察署に捜査本部を設置。
由紀　すぐさま捜査が開始される。事件の正式名称は「上祖師谷三丁目一家四人強盗殺人事件」――。
康太　凄惨な事件ではあったが、当初、捜査員の誰もが楽観していた。
由紀　それは犯人が現場に残した遺留品が多数あったからである。
康太　凶器の包丁はもとよりトレーナー、手袋、マフラー、帽子、ハンカチ、黒ジャンパー、ヒップバッグなど。
由紀　それらは捜査員たちから「宝の山」と称された。
康太　また、宮沢さんとの格闘の際に犯人は右手に負傷していて、現場に血液とDNAも――さ

由紀　らに犯人の指紋も残されていた。
康太　これらの遺留品から想定できる犯人像は以下の通り。
由紀　年齢二十歳から三十歳の男性。
康太　身長一メートル七〇センチくらい。痩せ型。
由紀　靴のサイズは二十七・五センチ。
康太　服のサイズはLサイズ。
由紀　血液型はA型。

映像④犯人のイメージ写真。

由紀　幼い子供さえも躊躇なく惨殺した犯人に世論は騒然となり――。
康太　そんな国民感情に後押しされて警察当局の捜査員の誰もが全力で捜査に当たった。
由紀　捜査人員延べ二十八万二千人。
康太　捜査日数延べ六千八百日余り。
由紀　わたしに会う刑事さんたちは口々に言った――「絶対に犯人を捕まえます」と。
康太　当局は犯人像を描いたビラを作成し、最寄り駅などを中心に配布、目撃情報を求めた。
由紀　一年、二年、三年――五年、十年。
康太　毎年年末になるとテレビのニュースでは「世田谷事件から発生何年」と告げるようになった。
由紀　二〇一〇年、殺人事件の公訴時効が廃止される。
康太　この間に捜査本部の幹部たちも定年や離職により長く捜査に従事することを阻まれた。

由紀　捜査本部長は実に七回も変わった。

康太　捜査線上には、流しの強盗説、外国人犯人説、事件当時、家の近くにあった焼き肉店の店員説と様々な容疑者が浮かび上がるが、どれも決定打に欠け、警察は犯人に迫れない。

由紀　そして、昨年、十九回目の年末を迎え、二〇二〇年、現在に至るまで犯人逮捕に至っていない――。

風の音が遠ざかる。
それを聞いていたきよみ。

きよみ　……。

由紀　十二月三十一日の午前中よ。みんなが死んでるのを発見されたのは。

きよみ　由紀さんが――。

由紀　いいえ。亡くなったわたしの母――おばあちゃんが。内線電話で連絡しても出ないから見に行って。

きよみ　……。

黙ってしまう人々。

きよみ　けどなんでそんなことを――。

康太　それがまったくわからないのがこの事件なんだよ。

きよみ　……。

由紀　家にあった塾の月謝が取られてたことはわかったけど、それだけのためにそんなこと。
きよみ　……。
康太　さらに不可解なのは、犯人は犯行の後もかなりの時間、家に留まってたらしい形跡があることだな。
きよみ　どういうこと？
康太　冷蔵庫にあったアイスクリームを食べたり、宮沢さんのパソコンを動かしたり、そういう形跡が残ってたんだよ。普通ならすぐに逃げるはずなのに。しかも――。
きよみ　何？
康太　ずっとガムを噛んでたらしいんだ――みんなを手にかけた時。
きよみ　犯人が？
康太　ああ。
きよみ　……。

黙ってしまう人々。

きよみ　それだけ証拠があるのになぜ――。
康太　それはこっちが聞きたいことだよ。
人々　……。
由紀　振り返ると、指紋やDNAがあったことで油断したってことはあったのかもしれない。
きよみ　すごい証拠ですものね。
由紀　けれど、警察が持っていた膨大なデータとその証拠は一致しなかった――。

きよみ　……。

康太　ま、きっと犯人は運がよかったってことだよなあ。

きよみ　……。

由紀　せめてもの救いは今は時効がなくなったことかな。昔はそうじゃなかったけど。殺人事件の時効がなくなったのもこの事件がきっかけだったの。それまで十五年だったそれが廃止されて。

きよみ　そうなんですね。

由紀　宮沢さんのお父さん――もう亡くなったけど、お父さんが被害者の会っていうのを作ってね、それで国に働きかけたのよ。

きよみ　由紀さんたちは、事件の後、すぐに引っ越しを？

由紀　それでもひと月くらいはここにいたわよ。

きよみ　康太さんは当時まだ――。

由紀　中学一年生。

きよみ　ヤダ。

由紀　何？

きよみ　あたしはその頃、八歳だから――にいなちゃんが生きてればあたしと同い年ってことですね。

由紀　そうね。

きよみ　康太さん、周りの人にずっと言わなかったって。

康太　うん？

きよみ　「自分はこの事件の被害者遺族だ」って。

康太　ああ。
きよみ　なんで？
康太　なんでだろう。
きよみ　……。
康太　心のどこかでこのこと忌まわしく思ってたのかもしれない。
きよみ　……。
康太　今でもふいに思い出すことがあるんだ。
きよみ　何を。
康太　二十年前に隣の家で見た――血まみれのぬいぐるみと、あの匂いを。
きよみ　……。
由紀　あたしの母――おばあちゃんも凄く嫌がってたわ。自分たちが被害者遺族だってこと。
きよみ　なんでですか。
由紀　古い人だからそういう被害に遭ったのも恥ずかしいことだって気持ちがあったのかもしれない。
きよみ　おばあちゃんが亡くなったのは――。
由紀　二〇一一年――わたしの夫が亡くなった次の年ね。
きよみ　宮沢さんのご家族は？
由紀　宮沢さんは一人っ子で兄弟はいないの。
きよみ　宮沢さんのご両親はまだご健在？
由紀　被害者の会の会長もやったお父さんがずいぶん前に亡くなって、今はお母さんだけ。
きよみ　お一人で？

由紀　ええ――八十八歳。この前の追悼式典にも元気に参加してくれたわ。
きよみ　お住まいは？
由紀　埼玉県に。宮沢さんのお墓もそこに――。
きよみ　そうですか。

由紀、アルバムをきよみに見せる。

由紀　見てこれ。これが宮沢さん一家。二つの家族で夏に湘南に泳ぎに行った時の。

それを見るきよみ。

由紀　あの年の八月よ。
康太　……。
きよみ　……。
由紀　一つ聞いて。ふふふふ。これね、まだ誰にも言ってないことなの。
康太　何だよ。
きよみ　……。
由紀　知ってるかな、きよみさんは。やっちゃん――死んだ妹とわたし、仲がいい姉妹ってことになってるの？
きよみ　それが何か。
由紀　いや、実際仲はいいのよ、ずっと。けど、事件があったちょうどあの時、わたし、あの子

康太　とちょっと喧嘩してたのよ。
由紀　そうなの？
きよみ　ええ。何日か前にお正月にどっちの家に集まるかで揉めてね。
由紀　へえ。
康太　毎年、こっちとあっち交互に集まることにしてたんだけど、ちょうどあの年、母が足悪くしてね。本来なら宮沢家に集まるところをこっちでやりたいってわたしが言ったら「それはおかしい」って。
きよみ　……。
由紀　……。
　　だから、大好きなやっちゃんを最後に見た時、あの子の顔は——こんな。

と目を吊り上げて——ふいに涙ぐむ。

由紀　あら、ごめんなさい。ハハハハ。
康太　……。
きよみ　……。
由紀　ところでさ。話は変わるんだけどさ。
康太　ああ。
由紀　二人は結婚するの？
康太　何だよ、いきなり。
由紀　だってあなた、きよみさんのことちゃんと話してくれないから。

康太　何だよちゃんとって。
由紀　だからどんな風に付き合ってるかとか。
康太　別に普通に付き合ってるだけだよ。
由紀　だってもうずいぶん経つでしょ。
康太　何が。
由紀　あなたたちが合コンで出会ってからよ、その小学校の先生と看護師たちの――。
康太　まあ。
由紀　で、こんなお手伝いまでさせるってことはそりゃもう家族みたいなものって意味よね。
康太　どうだろう。
由紀　何よ、どうだろうって。
きよみ　わたし自分の意志で来たんです。別に頼まれたわけじゃなく。
康太　そうだよ。
由紀　（首を振る）
康太　何だよ。
由紀　（きよみに）大丈夫なの？
きよみ　何がですか。
由紀　こんな男で。
きよみ　まあ。
由紀　優しくしてくれるの、ちゃんと。
きよみ　ハイ。
由紀　そう。まあ、こうして何回か母さんに会わせてくれるくらいだから、その気がないわけで

きよみ　もないんでしょうけど。
康太　どうなんでしょう。ハハ。
由紀　そんな話ここでしなくてもいいだろう。
康太　じゃあどこでしろって言うのよ。
由紀　その話はまた改めてちゃんとするよ。
康太　そうやってすぐはぐらかして。
　　　別にはぐらかしてるわけじゃ――。

とピンポーンと呼び鈴が鳴る。

人々　（耳を澄ます）

もう一度、呼び鈴が鳴る。

由紀　ハーイ。

と玄関へ行く。

高田（声）　何ですか、あなたッ。勝手に開けないでくださいッ。
土本（声）　ですから知り合いなんですよ、わたしはッ。
高田（声）　勝手なことすると警察呼びますよッ。

土本（声）　奥さんに会わせてもらえばわかりますよッ。

康太ときよみは顔を見合わせる。

由紀（声）　あらまあ。どうぞ、入ってください。
土本（声）　いやあ、どうもどうも。ご無沙汰しております。わかったでしょう。放してくださいッ。
由紀（声）　あ、それ履いてください。靴下汚れるんで。スリッパ、そこにある――。

と声がして由紀に続いて一人の男が部屋へ入って来る。
コートを着た地味なスーツのノーネクタイの中年男。
元刑事の土本である。土本は杖を持っていて、軽く足を引きずる。
続いて高田もやって来る。

土本　いやあ、いきなりでほんとに申し訳ありません。
由紀　いえ、びっくりしました。どうもご無沙汰しております。
土本　いや、こちらこそ。お元気そうで何よりです。

と挨拶する二人。

高田　知り合いですか。
由紀　ええ。

土本　どうもみなさん。お邪魔します。
由紀　あ、これは息子の康太です。
土本　康太くん？
康太　ハイ。
土本　いやあ、ご立派になって。どうもお久しぶりです。前に会った時は学ラン着てる頃ですかね。
康太　（誰だかわからない）……。
由紀　刑事さんよ、成城警察の――土本さん。
土本　いや、もう現場にはいないので元刑事です。
康太　ああ――。（と思い出す）
高田　刑事？
土本　どうもこんにちは。
由紀　こっちは息子の――。
土本　お嫁さんですか。
きよみ　いえ、結婚はまだ。
康太　あ、お付き合いしてる人で――渡辺きよみさんです。
土本　どうも。初めまして。土本と言います。
きよみ　初めまして。
由紀　こっちは――。
土本　存じ上げてます。

と手帳を出して見る。

土本　高田美喜さん。美喜は美しい喜びと書く。

高田　……。

土本　不審に思わんでください。その——仕事柄、近隣住民の方《かた》の顔と名前は全部把握しているもんで。

きよみ　そうなんですか。

土本　ハイ。

高田　マジで！

土本　マジです。（手帳を見て）旦那さんは道太郎さん。千歳烏山《ちとせからすやま》駅前でリサイクルショップを。間もなく三十路《みそじ》を迎える息子の貴之さんはいい年して無職ですな。

高田　……この人、何か怖い。

と由紀にすがる高田。
土本、部屋を見回す。

土本　こちらに伺うのも久しぶりです。

由紀　その節はほんとにお世話になりました。

土本　いえ、こちらこそ。

由紀　よくわかりましたね、わたしたちがここにいること。

土本　いや、つい先日、埼玉の宮沢さんのお母さんに会ったもので、そこで。

由紀　なるほど。でも、いらっしゃるならご連絡いただければよかったのに。
土本　あなたのことだ。わたしが来るとわかったらいろいろ気を回すだろうと思いまして。
由紀　……。
土本　ハハハハ。いずれにせよ、すぐに退散しますからお許しください。
由紀　具合はいかが？
土本　余りよろしくはないですが、何とか生きながらえてます。
由紀　まあ、お座りになって。寒いところでアレですけど。

と椅子を勧める。

土本　これは恐縮です。では、お言葉に甘えて。

と椅子に座る土本。

きよみ　こんなものしかないんですけど。

とペットボトルのお茶を出すきよみ。

土本　ありがとう。
きよみ　ずっと事件を担当されてたんですか。
土本　そうです。しかし、結局、みなさんの期待に応えることができないまま――このザマです。

康太　（と足を触って言う）ハハ。
由紀　……。
きよみ　今は引退されて、千葉で農園をやってらっしゃるのよ、奥様と一緒に。時々、みきおさんのお母さんも呼んでいただいて、野菜を作ったりして。
土本　へえ。
まあ、そんなことしかできなくて心苦しいですが。

由紀、土本の近くまで来る。
そして、頭を下げる。

由紀　ごめんなさい。
土本　ハイ？
由紀　家のことです。警察のご要望にお応えできなくて。
土本　……。
由紀　みきおさんのお母さんがここを早く壊してほしいって望んでることは知ってます。
土本　……。
由紀　けど、わかってください、いろいろ考えた末のことだと。
土本　はあ。
高田　ちょっと。

由紀を引っ張る高田。

由紀　どしたの。
高田　差し出がましいかもしれないけど、一つ言わせてください。
由紀　何よ。
高田　警察に対してそんな下手《したて》に出ることないですよ。
由紀　そうは言っても。
高田　聞いてくださいッ。
由紀　……。
高田　さっきも言いましたけど、元はと言えばこの人たちが犯人を捕まえられないからこういうことになったんですから。ここはガーンと言ったほうがいいですよ。
由紀　まあ。
高田　ここはわたしに任せてください。
由紀　……。

高田、土本のところへ行く。

高田　刑事さん。
土本　元刑事ですが。
高田　奥さんが言わないからあたしの口から言わせてもらいますけど。
土本　ハイ。
高田　あなたたちはいったい何をしてるんですかッ。

土本　……。

康太が高田を止める。

高田　何よッ。
康太　ちょっと言い過ぎだと思う。
高田　いいのよ。わたしは奥さんの気持ちを代弁して言ってるんだから。
康太　それにしても――。
高田　いいのよッ。

と康太を振り払う高田。

高田　あなたたち、前は奥さんにこう言ってたのを覚えてるんですか？
土本　なんて――。
高田　「犯人は警察の威信にかけて必ず捕まえます。ですからそれまでの間、現場の保存に何卒ご協力をお願いします」――違いますか？
土本　いや、その通りです。
高田　奥さんもね、こんな気味悪いところ早く壊してみんな忘れたかったんですよ。けど、警察がそう望んだからこうして維持してきたんです。
土本　……。
高田　なのに今度は何ですか。「老朽化して倒壊の危険があるから壊してくれ」――ふざけんじゃないわよッ。そんなになるまでこの家を放置することになったのは、あなたたちが犯人を捕まえられなかったからじゃないですかッ。

高田を止める康太。
カラスの鳴き声。
黙っている人々。

土本　その通りです。

人々　……。

土本　けど、誤解しないでください。今日、ここにわたしが伺ったのはあなたを非難するためじゃありません。退いたとは言え、わたしは警察側の人間としてお詫びを言いたかったんです。

人々　……。

土本、立ち上がる。

土本　長い間、辛い思いをさせてしまい、申し訳ございません。

と頭を下げる土本。

由紀　やめてください。

と土本の肩に触れる由紀。

由紀 みなさんには、ほんとよくやっていただいたと思ってます。

人々 ……。

土本 そう言ってもらえるのは嬉しいですが、犯人を捕まえられないのは事実です。

黙り込む人々。

土本、壁に貼ってあるカレンダーを見る。

土本 埼玉のみきおさんのお母さんのお宅にもカレンダーがあります。

人々 ……。

土本 あの日以来、夜になるとお母さんはそのカレンダーの一日に定規を使って鉛筆で斜線を引きます。

人々 ……。

土本 ある日、お宅にお邪魔した時、わたしはお母さんに尋ねました——「なんでそんなことを」と。

人々 ……。

土本 お母さんは答えました。「今日も犯人は捕まらなかった」——その印がその斜線なんだ、と。

人々 ……。

土本 「お父さんは間に合わなかったけれど、わたしが死ぬまでには何とか犯人を捕まえてほしい」――老いたお母さんはわたしに言いました。

人々　……。

土本　わたしの無念などそれに比べれば――。

　　　　黙っている人々。

土本　そもそも警官を辞めたわたしに謝る必要はありません。

由紀　……。

土本　百歩譲って警察官の立場であっても、この問題に関しては、警察はあなたにお願いしてるのであって、命令してるわけじゃない。だからあなたが思うように決断すればいいことです。

由紀　そう言ってもらえると――。

土本　それにこの現場を残すか残さないかに関しては、現役の捜査官の間でも意見はいろいろでしてね――。

人々　……。

土本　あんまり大っぴらには言えませんが、かく言うわたしもこの家の取り壊しには反対の人間です。

人々　……。

土本　これから老朽化で現場の保存が難しくなるのは事実でしょう。けれど、犯行現場ってもんは捜査の原点なんです。簡単に手放しちゃいけない。

人々　……。

土本　もちろん、あっちとこっちの現場の状況はカメラで収録済みです。わたし自身詳しくないですが、３Ｄ映像ってヤツです。
人々　……。
土本　しかし、それとこれとは話が別です。
人々　……。
土本　犯人を逮捕して、現場に連れて行き、どこでどのように犯行に及んだのか――現場検証をして初めて事件の真相は明らかになるんです。
人々　……。
土本　それがあって初めて裁判の判決も正しく下される。

風が吹く。

康太　一つ聞いてもいいですか。
土本　ハイ。
康太　土本さんは犯人は捕まると思いますか?
土本　……。
康太　どうですか?

土本、康太を舞台前方にいざなう。
康太、土本に続いて舞台前面へ。

土本　康太さん。
康太　ハイ。
土本　あれが何だかわかりますか。
康太　（見て）……。
土本　ケヤキの木です。二十年前からずっとあそこにある。
康太　そうですね。
土本　わたしたち何人の捜査官があのケヤキの木に尋ねたことか――。
康太　……。
土本　「頼む、犯人は誰なのか教えてくれ」とね――。
康太　……。
土本　あのケヤキだけです、あの夜のことを知っているのは。
康太　……。
土本　すいません。はぐらかすようなことを言って。
康太　いいえ。
土本　「世田谷一家殺害事件の犯人は捕まるかどうか？」――。
康太　……。
土本　楽観もしませんが悲観もしません。しかし、その問いにきちんと答えられる人間はおそらくこの世にいません。

風が吹く。

土本　すいません。長居するつもりはなかったんですが。
由紀　いえ。
土本　まことにお手数ですが、ちょっとだけお隣に行っていいですか。お線香だけあげたいんで。
由紀　もちろん、構いません。
土本　みなさん、どうもお邪魔しました。今日はいきなり来て、すいませんでした。

とその場を去ろうとする土本。

由紀　土本さん。
土本　ハイ。
由紀　一つだけ訂正があります。
土本　と言うと？
由紀　高田さんが代弁してくれましよね、さっき、わたしの胸の内を。
土本　ええ。
由紀　内容にほとんど異論ありません。警察に対して腹立たしく思ってますし、「早く犯人を捕まえてほしい！」と心から思ってます。けれど、一つだけ。
土本　何でしょう。
由紀　わたしは本当は「こんな気味悪いところ早く壊してみんな忘れたかった」なんて思ってません。
土本　……。
由紀　隣の家は、まっすぐ生きてきた泰子が――妹とその家族が、クマのぬいぐるみで遊ぶのが

土本　大好きなにいなちゃんが、おもちゃのミニカーで遊ぶのが大好きな礼くんが、まだ幼い康太が可愛がって遊んだ二人が生きていた場所です。
由紀　……。
人々　だから――だから壊したくない、と。
　　　……。

風が吹く。

土本　わかりました。
由紀　ご案内します。足許、気をつけてください。

と土本を連れて玄関のほうへ去る由紀。
舞台に残る高田、康太、きよみ。

高田　じゃあ、わたしもここで。明日、お茶の準備して十時前にここに来ればいいですよね。
康太　ハイ。お世話になります。
高田　じゃあ、ここで。
きよみ　いろいろありがとうございました。

高田、行こうとして、立ち止まり、

高田　よかったら結婚式に呼んでね。

とその場を去る高田。
舞台に残る康太ときよみ。

康太　ご苦労様。帰りにどこかでうまいもんでも食おう。

と帰り支度する康太。

きよみ　……。
康太　何だよ、どうかしたか？
きよみ　いきなり変なこと聞くけど。
康太　うん。
きよみ　原爆ドームって見たことある？
康太　原爆ドーム？
きよみ　うん。広島にある——こういうアレ。

とドームを手で作る。

康太　実際、この目じゃ見てないけど、日本人なら誰でも知ってるよ。
きよみ　そうよね。

康太　それが何だよ。
きよみ　あれがあるからわたしたちは戦争がどんなに悲惨だったかを考えることができるんだよね。
康太　まあ。
きよみ　それと同じだなって。
康太　……。
きよみ　「見たくないなら見なくていいよ」って言ったわよね。あたしに――。
康太　え？
きよみ　隣の――家。
康太　ああ。
きよみ　けど、見せてもらってもいいかな。
康太　え、どういうこと？
きよみ　目を背けずに、ちゃんと見ないと記憶に焼きつけれないと思うから。
康太　……。
きよみ　そこで生きてた人の生も――死も。
康太　ああ――いいよ。
きよみ　ありがとう。

と玄関のほうに去るきよみ。
康太、壁にかかったカレンダーを見る。
事件が起こった二十年前のカレンダー。

康太　（それを見て）……。

康太、アルバムを持ってその場を去る。
舞台の片隅にあるカレンダー。
と暗くなる。

［引用・参考文献］
『悲しみを生きる力に　被害者遺族からあなたへ』（入江杏著／岩波ジュニア新書、二〇一三年）
『世田谷一家殺人事件　15年目の新事実』（一橋文哉著／角川文庫）
『平成・昭和「未解決事件」１００　衝撃の新説はこれだ！』（宝島社、二〇一六年）
『真犯人に告ぐ！　未解決事件ファイル』（朝日新聞出版、二〇一〇年）
『殺人現場を歩く』（蜂巣敦著　山本真人写真／ちくま文庫、二〇〇八年）
『図説　現代殺人事件史』（福田洋著　石川保昌編／河出書房新社、二〇一一年）
――他多数

あなたはわたしに死を与えた―トリカブト殺人事件―

保険というやつは、世界最大の賭博機関なのだ。一見、賭博には見えないが彼等が金の歩合を計算する仕方も、諸君の得点にたいして現金を支払うときの表情も、まさしく賭博なのだ。諸君は、家が焼けると賭け、保険会社は、焼けないと賭ける。これが火災保険だ。ただ諸君は、賭けをするとき、自分の家が焼ければいいと希ってないので、ついこれが賭けであることを見損なうのだ。

ジェームズ・ケイン『殺人保険』（蕗沢忠枝訳／新潮文庫）より

［登場人物］

上谷豊（公認会計士／疑惑の男／四六）

大野曜吉（大学助教授／医師／四八）

坂口卓也（フリーライター／四〇）

藤井美和（ホステス／リサの友人／三二）

野村（スポーツ新聞記者／代理人B・証人を兼ねる／三六）

髙山素子（保険外交員／代理人A・証人を兼ねる／四六）

工藤友之（リサの弟／十九）

裁判官（声）など

＊

上谷リサ（被害者／登場しない）

※表記した年齢は劇が始まる時のものである。劇の中に流れる時間は十年弱になるので、演者は時の経過を衣裳や髪型によって表現することを望む。

プロローグ――

基本舞台には簡単なテーブルが一つ、その脇に椅子が数脚。
少し高い基本舞台を取り囲むように回廊がある。
基本舞台は主に室内、回廊は野外の場面で使用する。
野山に流れる小川のせせらぎが聞こえてきて、闇に包まれる舞台。
と舞台中央に一人の男がいるのが見える。
男は椅子に座ってテーブルの上にある花を眺めている。
鮮やかな紫色の花を咲かせた植物――トリカブト。
その花を手に取り、無表情で見つめている男――上谷豊。
上谷は花を撫でたり、その匂いを嗅いだりする。
と舞台隅に坂口、美和、野村、素子、友之が出て来る。

坂口　トリカブト――キンポウゲ科トリカブト属の総称。
美和　花の色は一般に紫色。
野村　沢などの比較的湿気の多い場所を好む。
素子　名称の由来は、根っこの部分がカラスに似ていて――。
友之　花の形が兜《かぶと》をかぶったように見えることからそのように呼ばれる。

坂口　その根には青酸カリの百倍と言われる「アコニチン」と呼ばれる猛毒があり――。
美和　食べると手足のしびれ、嘔吐、呼吸困難、臓器不全を経て死に至ることもある。
野村　致死量は平均で三から四ミリグラム。
素子　即効性があり、服用すると死亡までの時間は数分から数十分。
友之　日本では北海道と東北を中心として沖縄以外の全国に生息する。

と舞台の隅に大野（白衣）が出て来る。

坂口　これがこの恐ろしい物語の主人公――名前を上谷豊と言う。

上谷は花を持ってその場を去る。
人々はそれを見送ってからその場を去る。

坂口　ことわざに「天網恢恢疎《てんもうかいかいそ》にして漏らさず」という。どんなに巧妙に隠しても、犯した罪は最後には露見する――という意味である。しかし、この世には発覚することなく闇から闇へと消えていった恐ろしい犯罪もあるに違いない。そう思うのは、この事件がまさに一歩間違えればそのように処理され、歴史に名を残すこともなく、たぶん泡のように消えてしまった事件だからである。これからみなさんにお話しする物語は、この男が手に染めた犯罪と否応なしにこの男に関わることになった様々な人たちの物語である。事の起こりは一九八六年の五月。沖縄旅行中の一人の女性が石垣島の病院で死亡することから始まる。

とけたたましい救急車のサイレンの音。
とその場を去る坂口。

1　解剖報告

沖縄県石垣島にある警察署の一室。
一九八六年五月二十一日の午後。
上谷が旅行カバンを持ち、室内へやって来る。
上谷は派手なアロハシャツを着たハンサムな中年男。
サングラスを頭にのせている。
上谷、椅子に座って誰かを待つ。

上谷　……。

と白衣を着た大野がやって来る。
大野は警察に解剖を依頼された大学助教授である。
大野はファイルを持っている。

大野　ご主人ですね、えーと（と用紙を見て）上谷リサさんの。
上谷　（立ち上がり）ハイ。
大野　医師の大野です。お待たせして申し訳ございません。一応、結果が出ましたのでご報告を。

上谷　お願いします。

大野、上谷の服装をまじまじと見る。

上谷　何か？
大野　……いえ。
上谷　（気づき）あ、すいません、こんな格好で。昨日の昼間まで一緒だったんで、あいつと。ですからこんなのしかなくて。
大野　えーと奥様のお友達は？
上谷　あっちで事情聴取を。
大野　そうですか。まずはこの度はこんなことになって、お悔やみ申し上げます。
上谷　いろいろお世話になります。
大野　どうぞおかけに。

二人、椅子に座る。

大野　では、さっそくですがご報告させていただきます。
上谷　ハイ。
大野　警察の方《かた》からも説明があったと思いますが、もう一度わたしの口から奥様が亡くなった経緯と解剖の結果をお伝えします。
上谷　ハイ。

大野　奥様と同行されていたお友達の証言によりますと、昨日、五月二十日。奥様――リサさんの具合が悪くなったのは、那覇《なは》から乗った飛行機が石垣島に到着し、空港からタクシーでホテルへ移動した直後ということです。時刻は午後一時半前後です。

上谷　ハイ。

大野　ホテルの部屋に着くなり奥様は「気持ちが悪い」と友達に告げ、トイレに駆け込み、嘔吐し始めました。

上谷　……。

大野　奥様は大量に汗をかいて、手足の痺《しび》れを訴え、ベッドに横になりましたが、苦しさは一向に収まらず「寒いッ寒いッ」と言いながらもがき続けたそうです。

上谷　……。

大野　すぐさま救急車が駆け付け、八重山《やえやま》病院へ搬送されましたが、搬送の最中、奥様は意識不明の状態に陥りました。

上谷　……。

大野　救急隊員が必死に蘇生を試みましたが、病院に到着した時点ではすでに心肺停止の状態で、院内において医師らによる懸命な延命処置も空しく、午後三時四分にお亡くなりになりました。

上谷　……。

大野　病院では死亡原因が判定できなかったため、警察の依頼により本日、こちらの警察署の解剖室において奥様の遺体の行政解剖を行いました。執刀医はわたくし大野です。

上谷　ハイ。

大野　結果――死亡原因は急性心筋梗塞。簡単に言いますと、心臓に酸素と栄養を運ぶ血管が詰

上谷　まり、血液が流れなくなり、心臓の筋肉が死んでしまう状態を表します。
大野　ハイ。
上谷　奥様はもともと心臓病などを患っていたということはありますか？
大野　いいえ、特にそういうことは——。
上谷　心臓以外に持病を持っていたということは——。
大野　ないと思います。
上谷　昨日の朝食はどこで？
大野　ホテルのバイキングでとりました。
上谷　それ以外に何か特別なものを食べたり飲んだりしてませんか。
大野　わたしが知る限り——。
上谷　そうですか。
大野　ただ——。
上谷　ただ何ですか。
大野　妻はヘビースモーカーでした。
上谷　なるほど。

と大野は診断書を見る。

大野　先生、つまりこう考えていいということですか——妻は病死した、と？
上谷　そういうことになりますね。
大野　……。

大野　死体検案書にはこちらで判定した病名を書いておきます。それでよろしいですね。
上谷　ハイ、よろしくお願いします。
大野　今後、必要な場合はお送りしますので、お気兼ねなくお申しつけください。
上谷　ありがとうございます。
大野　いずれにせよ、大変でしたね。
上谷　お手数をおかけします。
大野　奥様とご旅行の最中のことと聞きましたが。
上谷　ハイ。とは言えわたしは見送りにきたようなものですが――。
大野　……。
上谷　ですから昨日も妻が飛行機に乗るまでは那覇で一緒に過ごしてたんです。けれど、石垣島に移動する前、わたしに急用ができてしまって――。
大野　そうですか。
上谷　空港で別れる時はあんなに元気だったのに――。（うつむく）
大野　お察しします。
上谷　……先生。
大野　ハイ。
上谷　今、リサの遺体は？
大野　こちらで保管させてもらってますが。
上谷　そうですか。
大野　手続きが完了したらすぐにお引き取りいただいて結構です。すでに解剖は済んでますから。
上谷　あの、先生。

大野　ハイ。
上谷　一つご相談ですが、こちらでリサをアレすることはできますか？
大野　アレするとおっしゃいますと？
上谷　つまり、ここ（沖縄）で火葬することは――。
大野　火葬？
上谷　そうです。
大野　いや、そんなに急ぐ必要はないでしょう。
上谷　なぜですか。
大野　なぜって――奥様とお別れしたい方《かた》もたくさんいるでしょうから。奥様のご両親や地元のお友達とか。
上谷　それはそうですが、彼女が大好きだったこの沖縄の地で葬ってあげようかと思ったもんですから。
大野　はあ。
上谷　質問ついでにもう一つだけ。
大野　ハイ。
上谷　解剖の執刀をされたのは先生ですよね。
大野　そうです。
上谷　リサのアレはみんなお腹に返していただけたでしょうか。
大野　ハイ？
上谷　臓器です、リサのからだの中にあった――。
大野　……。

上谷　あ、いや、変なことを聞いてすいません。ただ葬るなら一つ残らずきちんと葬ってあげたいと思いまして。
大野　……。
上谷　それらはみんな元通りにしてもらいましたでしょうか。
大野　大丈夫です。みんなお返しして——元通りに。
上谷　そうですか。それを聞いて安心しました。（と初めて笑顔になる）
大野　……では、あちらでご遺体を引き取る手続きを。

上谷、立ち上がる。
上谷、部屋から出て行こうとする。

上谷　先生、どうも——ありがとうございました。

と深々と大野にお辞儀する上谷。

大野　ご苦労様でした。

上谷、旅行カバンを持ってその場を去る。
舞台に残った大野、ファイルの中から死亡診断書を取り出す。

大野　（見て）……。

大野、上谷とは反対方向に去る。
舞台隅に坂口が出て来る。

坂口　急性心筋梗塞――医師の診断はそのようなものだった。そして、それが嘘偽りない真実の死因であったなら、この出来事が後世に残ることはなかったにちがいない。上谷リサ――東京から遠い沖縄の島で不慮の死を遂げた女の遺体は、その日のうちに飛行機で東京に運ばれ、池袋の自宅マンションで葬儀が営まれた。

と飛行機の離陸音が聞こえる。
とその場を去る坂口。

2　疑惑

東京池袋のマンションのエントランス付近。
前景より何日か後の夜。
マンションの一室で死亡したリサの通夜が執り行われている。
そこへ喪服の美和がやって来る。
美和、待ち合わせの人が来たのか、手を振る。

美和　あ、卓ちゃん。ここ、ここッ。

そこへラフな格好した男——坂口がやって来る。
肩にショルダーバッグをかけている。

坂口　よおッ。
美和　うん。
坂口　終わったのか、お通夜は。
美和　ううん、まだやってる最中——。
坂口　そうか。

美和　ごめんね、急に呼び出して。
坂口　そりゃいいけど、急な報せだったからこんな格好のままだよ。
美和　……。

美和、いきなり坂口に抱きつく。

坂口　え？
美和　ごめんなさいッ。けど、ちょっとだけこのままで――。
坂口　……。

と坂口、周りを気にする。
美和、震えている。

坂口　どした、みーちゃん――大丈夫か。
美和　……。
坂口　何だよ、独り身の寂しさに耐え切れず別れた彼氏が恋しくなったのか。ハハハハ。
美和　卓ちゃん、どうしよう。
坂口　どうしようって――お前、震えてるのか。

美和、坂口から離れる。

美和　ごめんね、いきなり。
坂口　そりゃ親友がいきなり亡くなったんだ。気持ちはわかるよ。
美和　そうじゃないの。
坂口　え？
美和　あの子、死んだんじゃない。あいつに殺されたのよッ。
坂口　何だよ、いきなり。
美和　だからって何の証拠があるわけじゃない。けど、どう考えてもおかしいよ、これはッ。
坂口　どういうことだよ。
美和　出会って半年よ。なのになんでこんなことになるのッ。
坂口　落ち着けって。
美和　あなたもあいつのこと少しは知ってるならわかるでしょ。三人目なのよ、これで。
坂口　……。
美和　最初の奥さんも、次の奥さんもみんな突然――そんなこと普通ないよ、どう考えても。
坂口　……。
美和　あたしだけじゃない。周りの人もみんなそう言ってるわ。
坂口　……。

坂口、美和の手に引っかき傷があるのを見て、

坂口　どしたんだ、それ。
美和　え？

坂口　それ――。
美和　さっき、お通夜の席でちょっとアレして。
坂口　ちょっと？
美和　一緒に弔問したクラブのママがあいつに殴りかかって――。
坂口　美鈴さんが。
美和　ええ。その時、止めに入ったら――ママが暴れたから。
坂口　……。
美和　けど、ママがそうした気持ちもよくわかるわ。
坂口　……。
美和　あいつ、ニヤニヤしてたのよ、その席で。
坂口　……。
美和　それだけじゃない。あいつの部屋の本棚で見たの。
坂口　何を。
美和　心臓病とか薬のこと書いた難しそうな本がいっぱい。
坂口　それが何だよ。
美和　あたし、ピンと来たの。リサがよくこういうカプセルに入った薬飲んでたこと、仕事の合間とか徹夜で麻雀してる時に。
坂口　薬？
美和　あの子、ピルを飲んでるのは知ってたけど、形が違うから「何飲んでるの？」って聞いたら、「上谷が調合してくれる栄養剤だ」って。
坂口　……。

美和　それで彼女はいきなりこういうことになったのよ。

美和、近くのベンチに座り込んでしまう。

坂口　大丈夫か。
美和　うん。
坂口　何か飲むものでも。
美和　（首を横に振る）
坂口　……。
美和　思い出したら急に怖くなっちゃったの。
坂口　うん？
美和　あいつと初めて会った時のこと。
坂口　……。
美和　お店に来たあいつに誘われて、お店が終わった後、お寿司を食べに――リサと三人で。
坂口　……。
美和　最初、わたしが口説かれたの。
坂口　へえ。
美和　けど、わたしに子供がいるってわかったらあからさまに興味なくして。
坂口　……。
美和　で、リサと出会って六日目にプロポーズよ。
坂口　……。

美和　もしもあの時、わたしがあいつの誘いに乗ってたら――こんなことには。
坂口　いきなり倒れたって聞いたけど。
美和　そう。沖縄の石垣島で。
坂口　旦那も一緒だったのか。
美和　ええ。上谷も途中まで一緒だった。
坂口　つまり、みーちゃんはこう言いたいわけか。上谷がリサちゃんに毒の入った薬を飲ませて殺したと。
美和　そうとしか考えられないじゃない。あの子、からだはどこも悪くなかったんだから。
坂口　……。
美和　どう思う？　これはあたしの妄想？
坂口　……。
美和　何とか言ってよ。
坂口　言いたいことはわかったよ。けど、俺にどうしろと？
美和　わかんない。けど、卓ちゃん、そういうの調べるの得意だし、警察の人とか知り合いがいると思ったから。
坂口　……上谷は今、部屋にいるのか。
美和　ママともみ合いになって出てったきり――。
坂口　……。
美和　お願い、卓ちゃん。力貸してよ。
坂口　話はだいたいわかった。けど、いくらあいつが怪しいからって下手に騒がないほうがいい。騒げば向こうも警戒するからな。

美和　うん。
坂口　ハハハハ。
美和　何よ。
坂口　とんだ勘違いしたなと思ってさ。
美和　勘違い？
坂口　急に会いたいなんて言うから、俺はてっきりもう一度やり直そうって話かなって思ったから。
美和　……。
坂口　冗談だよ。
美和　協力してくれるの？
坂口　元カノに泣きつかれちゃ仕方ないだろう。
美和　ありがとう。

とそこへ学生服を着た若い男がやって来る。

二人　……。
友之　友之です。弟《おとうと》です、死んだ姉の。

友之はちょっと訛《なま》る。

美和　ああ——さっきはごめんなさい。何かママが暴れちゃって。

友之　姉さんの働いてたクラブの人ですよね。
美和　そう――親友だった。

友之、名刺を差し出す。

美和　何?
友之　さっき親父に聞こえないようにワ（オレ）に言いましたよね。「何かあったらここさ連絡してくれ」って。
美和　ええ。
友之　いただいだのに悪いんですけど、これ、要りません。
美和　……。
友之　みんな疑ってるみたいだけど、ワは義兄さんのこと信じてますんで。

美和、名刺を受け取る。
一礼してその場を去る友之。

美和　……。
坂口　前途は多難のようだな。
美和　（うなずく）
坂口　行こう。飯でも食いながら詳しい話を聞かせてくれ。

とその場を去る二人。

と舞台隅に野村が出て来る。

野村　リサと上谷が出会ったのは前の年――一九八五年の十一月。リサが働く池袋の高級クラブでだった。急死した前妻の四十九日に当たるその日、公認会計士を名乗る上谷は一人で店に現れ、リサに一目ぼれ。出会ってから六日目にプロポーズ、翌年の二月に結婚するという早さだった。結婚後、二人は上谷の仕事の都合で東京から大阪へ転居して新婚生活が始まる。リサが不慮の死を遂げる沖縄旅行は出会ってから半年後のことだった。――二人が新婚生活を送った大阪のアパート。

とその場を去る野村。

3　保険金

一九八六年七月下旬。
前景から約二カ月後。
リサの四十九日が済んだ後。
大坂城東区にある上谷のマンションの一室。
上谷が麦茶を用意している。
遠くで蝉の鳴き声。
隣の部屋から「チーン」という真鍮のリンを鳴らす音。

上谷　どうぞこちらに。お茶淹れましたから。

上谷に案内されてスーツ姿の素子がやって来る。

素子　すんません、引っ越し最中の忙《せわ》しない時に。

上谷　いや、見ての通りだいたい片付けは終わってますから。――どうぞ。

素子、椅子に座る。

上谷　ありがとうございます、わざわざ。おいしそうな羊羹《ようかん》までいただいて。
素子　気にせんといてください。猫ちゃんのお礼もちゃんとしてなかったですから。
上谷　元気にしてますか、チビちゃんは。
素子　毎日、部屋中、駆け回ってます。
上谷　それはよかった。
素子　もらい手は見つかったんですか、他の猫ちゃんの。
上谷　おかげ様で、ご近所の猫好きなお婆ちゃんとリサの青森の実家のほうにも。
素子　運ばれたんですか。
上谷　ええ。こんな箱に入れて。車ン中でミャーミャー鳴いて大変でした。
素子　それはご苦労様でした。
上谷　びっくりしましたよ。早いんですね、猫の成長っていうのは。生まれた時はこんな（小さい）だったのにすぐにこんな（大きい）になるんだから。
素子　ほんまですわ。
上谷　三匹飼ってるっておっしゃってませんでしたか、猫ちゃん。
素子　四匹です。だから今は五匹に。
上谷　ちょっとした猫屋敷だ。
素子　ええ。
上谷　リサも喜んでると思います、あなたみたいな人に仔猫もらっていただいて。
素子　はあ。――ほないただきます。

と茶を飲む素子。

上谷　せんだってはいろいろありがとうございました。
素子　いえ、こちらこそ。
上谷　逆によかったと思ってます。
素子　と言うと？
上谷　あなたから連絡もらわなかったらこういう風に決断できなかったかもしれませんから。
素子　はあ。
上谷　この前、お訪ねいただいた時も言いましたが、最初は請求するのをやめようと思ってたんです。だってそうじゃないですか、世間はおかしいと思いますよ、結婚したばかりの女房が急死して、その女房に多額の保険金がかけられてたなんてわかったら。
素子　はあ。
上谷　けど、あなた方《がた》が「やましいことがないなら隠すと余計に怪しまれる。堂々と請求したほうがいい」って言ってくれたからわたしは請求することを決心したんです。
素子　……。
上谷　だから礼を言わなきゃいけないのはこっちのほうです。
素子　よしてください。うちらはそれが仕事なんやから。
上谷　ご覧になりましたか。
素子　ハイ？

上谷、テーブルの上にあった週刊誌を取り出す。

上谷　これ――。

と週刊誌を示す。

素子　（うなずく）
上谷　さぞかしびっくりされたでしょう。
素子　まあ。
上谷　お聞きになりたいんじゃないですか。
素子　何をですか。
上谷　ここに書いてあることは事実か否か――。
素子　……。
上谷　わたしたちの相談にいろいろ乗ってくれた高山さんだから言いますが。
素子　ええ。
上谷　小さな間違いはあるにせよ、概ね事実です。
素子　……。
上谷　しかし、だからと言ってどうしてこういう結論になるのはわかりませんよ、まったく。
素子　……。

上谷、週刊誌の記事を読む。

上谷　「不可解な妻の突然死」「疑惑の男の黒い過去」「保険金総額は一億八五〇〇万円！」――。
素子　……。
上谷　ま、予想はしてたからわたし自身そんなに驚きませんでしたが。
素子　……。
上谷　まあ、マスコミに事実を告げた以上、こうなるのも仕方ない。
素子　……。
上谷　あなたもそう思いますか。
素子　ハイ？
上谷　あなたもわたしが次々と妻を殺して保険金を騙し取ろうとした冷酷な人殺しだと思いますか。
素子　……。
上谷　あ、ごめんなさい。意地悪な質問して。ハハハハ。
素子　そう思っとったら羊羹持ってここには来ません。
上谷　……ありがとう。

上谷、茶を飲む。

素子　あの、上谷様。
上谷　ハイ。
素子　失礼な質問やいうことは承知の上でお聞きしますが。
上谷　何なりと。失礼な質問には最近慣れてます。

素子　ここにも書いてありますけど、リサ様の前の奥様もお二人ともご病気で——。
上谷　そうです。
素子　おいくつやったんですか。
上谷　二人とも三十八歳でした。
素子　お二人とも保険に——。
上谷　ええ。
素子　そン時も上谷様が保険金をお受け取りになった——。
上谷　最初の妻は違いますが、二人目の妻の時は受け取りました。
素子　そうですか。
上谷　しかし、今回は額が違う。あなたの会社を入れて合計四社、保険金総額は億を超えるわけですから。
素子　……。
上谷　ますます怪しいって感じですか。
素子　いえ、そんな。
上谷　保険会社がなかなか支払いに応じてくれないのはそういうわけですかね。
素子　……。
上谷　あ、ごめんなさい。別にあなたを責めるつもりで言ったわけじゃないですから。

上谷、茶を飲む。

上谷　ところで、高山さんはご結婚されてるんですか。

素子　ええ。
上谷　お子さんも？
素子　三人おります。
上谷　そうですか。そりゃ羨ましい。
素子　そんなこと。苦労ばかりですわ。
上谷　そんなことないですよ。子供さえいたらまだ生きていく希望がありますから。

蟬の鳴き声。

泰子　あ、すんません。長居してしまって。ほんなら今日はこのへんで。

と立ち上がる素子。

素子　今日は本当にありがとうございました。
上谷　こちらこそ。久し振りにお会いできてよかったです。羊羹もありがとう。
素子　保険金の支払いに関してはまた上の者がご連絡差し上げますので。しばらくお待ちください。
上谷　お待ちします。
素子　どうぞお気を落とさずに。お邪魔しました。

素子、行こうとする。

上谷　高山さん。
素子　ハイ。
上谷　差し上げた猫はリサが可愛がってたペルシャ猫の子供です。きちんと育ててあげてくださいね。
素子　もちろん。
上谷　猫ちゃんたちによろしく。
素子　失礼いたします。

とお辞儀してその場を去る素子。
それを見送る上谷。
舞台に残った上谷、週刊誌の記事を見る。

上谷　……。

その場を去る上谷。
と舞台の隅に坂口が出て来る。

坂口　リサの死から約二カ月後。当初、上谷は自分を受取人とする生命保険の存在を隠していた。しかし、リサの飼い猫が産んだ仔猫の受け渡しをきっかけとして、上谷はその事実を明らかにした。合計四社――その額は一億八五〇〇万円に及ぶ生命保険だった。その事実を知ってまず動いたのは警察ではなく、マスコミだった。

坂口はその場を去る。

4　リサの弟

前景のすぐ後。八月初旬。
池袋の上谷のマンションのエントランス付近。
そこへ野村がやって来る。髭面の大きな男。
野村は重そうな段ボール箱を運んでいる。
そこへ友之がやって来る。軽装で軍手をしている。
友之がリサの遺品整理をしている最中である。

野村　荷物はこれで最後ですね。
友之　そうです。
野村　了解ですッ。
と段ボール箱を持ってその場を去る野村。
そこへ飲み物をいくつか持って坂口がやって来る。
坂口　ちょっとこれでも飲んで一息入れましょう。

友之、飲み物を受け取る。

坂口　やっぱり女の人だよね。

友之　ハイ？

坂口　着るものが多い。

友之　……。

坂口、腰を回したりする。

坂口　あ、ごめんね。普段、あんまりからだ動かしてないから。

そこへ野村が戻って来る。

坂口　あーお疲れさんッ。

野村、へばってその場に座り込む。

坂口　大丈夫か。（と飲み物を渡す）

野村　他はそうでもないけど、今のはやたらに重いから。（と汗を拭く）

友之　レコードですよ。

野村　レコード？

友之　ええ。姉さん、音楽さ好きだっだから。
野村　どうりで——。
友之　……。
坂口　あ、ちゃんと紹介してなかったけど、こちら「毎日スポーツ」の野村さん。
野村　野村です。
友之　何かすいません、お手伝《でつだ》いしてもらって。
坂口　気にしないで。こっちが勝手に来て、勝手にやってることだから。
友之　はあ。
坂口　でもラッキーだったな。あなたが東京に来てる時にこうして会えて。
友之　……。
坂口　でなきゃ出張費使って青森まで行くつもりだったんだから。
友之　……。
坂口　迷惑に思うだろうけど、こっちも仕事でね。少しの間でいいから話、聞かせてもらえるとありがたい。
友之　何を聞きたいんですか。
坂口　お姉さんとお義兄さんのこと。
友之　……。

坂口、ポケットからメモ帳を取り出し、友之の言葉を書き留める。

坂口　覚えてるかな。前にお姉さんのお通夜の時、君はオレにこう言ったの。

友之　……。
坂口　「オレは義兄さんのこと信じてる」って。ホラ、お姉さんの友達に名刺差し出して。
友之　覚えてますよ。
坂口　今でもそう思ってる？
友之　ええ――。
坂口　それはなぜ？
友之　なぜって――あの人はあなだたちが思うような人じゃねえからですよ。
坂口　その理由を聞かせてもらえないかな。
友之　すごく親切にしてくれたからですよ。
坂口　君に？
友之　ワだけじゃない。父や母、他の家族にも。
坂口　それは具体的にはどういう――。
友之　オラ、今年、大学さ入ったんです、青森の。理科系の大学ですけど、学費が払えなぐで困ってました。
坂口　うん。
友之　親父は農業ですけど、畑《はだけ》の不作も手伝って家のほうも大変で。なかなか学費を出すまでの余裕はない。そン時、あの人がその金、全額出してくれたんです。
坂口　全額――。
友之　そうです。
坂口　……。
友之　もちろん最初は抵抗がありました。いぐら姉貴の婚約者だからって、そんなことまでして

坂口　もらっていいのかって。
友之　ああ。
坂口　ンだけども、あの人は言いました。「若い人が簡単に夢あきらめちゃいげねえ」って。
友之　……。
坂口　ワ、システムエンジニアさなりたくて。
友之　へえ。
坂口　オラが今、大学さ行けるのもあの人のおかげなんです。
友之　家族にも親切だったたって言ったけど、それはどういう――。
坂口　脚を悪くした婆ちゃんのために実家のリフォームの費用を負担してくれだり、親父とお袋を温泉旅行に招待してくれだり――。
友之　どこへ？
坂口　白浜です。一泊六万もするたげえ（高い）部屋だったたってお袋、感動してました。
友之　……。
野村　一ついいかな。
友之　ハイ。
野村　つまり、君が義兄さんのことを信頼するのは、そういう出資に対するアレだと考えていいのかな。
友之　別《べつ》に金を出してくれるから信頼するってわけでねえ。あの人、礼儀正しいし、物静かだし、頭《あだま》もいいし。
坂口　お姉さんとはうまくいってたのかな。
友之　どういう意味ですか。

坂口　つまり、喧嘩するとか、そういうことはなかったのかな。
友之　全然。少なぐども家族の前じゃすごく仲がよかったと。
坂口　……。
野村　今、報道されてるお義兄さんに関する記事は読んだ？
友之　ええ。
野村　それを読んでどう思う？
友之　どう思うも何も、あなただちが上谷さんのこと、勝手に疑ってるだけじゃねえですか。
野村　君は疑わないの？
友之　……。
野村　三人目なんだよ、君のお姉さんで。
友之　……。
野村　しかも、お姉さんにかけられてた保険金は普通の額じゃない。これは誰がどう考えても変じゃないか。
友之　何度も言わせないでください。それはあんた方マスコミの見方でしょッ。

と大きな声を出してしまう友之。

友之　あ、すいません。
野村　いや――。
坂口　こっちこそすまない。けどわかってほしい。わたしたちは何も君のことを責めようと思ってるわけじゃないことを。

友之　……。

　　　　黙ってしまう人々。

友之　いつだったか、こんなことがありました。
坂口　うん。
友之　あの人が初めて青森のオラのうちさ訪ねた時――。
坂口　ああ。
友之　奥入瀬《おいらせ》川と十和田湖《とわだこ》を見て回って、東京さ帰る二人を青森駅で見送った時です。
二人　……。
友之　列車が出る時、あの人は見送りに行ったオラと母にいつまでも笑顔で手を振ってました。
二人　……。
友之　その横で姉さんが「もういい」って止めでんのに――いつまでも。
二人　……。
友之　その笑顔を見た時、ワ、すごく幸せな気持ぢになったのを覚えてます。
二人　……。

　　　　と近くでクラクションの音。

友之　あ、運転手が来たみたいです。もうええですか。
坂口　ああ、どうもありがとう。

友之　こちらこそ。これ（お茶）ご馳走様でした。手伝ってくれて助かりました。こっちはもう大丈夫ですから。

と頭を下げて行こうとする友之。
と立ち止まる。

友之　姉さん、歌手さなりたくて東京さ来たんです。
野村　え？
友之　レコードがたくさんあるのはそのせいです。

友之、走り去る。
舞台に残る坂口と野村。

坂口　弟、問いつめてどうすんだよ。
野村　すいません。

野村、近くに座る。

野村　……。
坂口　何だよ。
野村　いや、オレたちには悪魔に見えてる人間が、彼には天使に見えてるのかもしれないんだなって。

坂口　だったら何だ。

野村　いや——。

坂口　いずれにせよ、やつが天使じゃないとすれば、相当に悪知恵が働くヤツだ。

野村　同感です。

坂口　でもこれでよーくわかったよ。

野村　何がですか。

坂口　真っ先に告発しなきゃいけない彼女の家族が、あいつを強く非難できない理由が。

野村　……。

坂口　行こう。

と行こうとする坂口。
動かない野村。

坂口　何だ。

野村　先行ってください。

坂口　なんで。

野村　ちょっと急に重いもん持ったせいで腰にきちゃって。

坂口　大丈夫か。

野村　たぶん。

坂口　……。

坂口、その場を去る。

野村　次第にエスカレートするマスコミの追及によって、世間の注目は「疑惑の男」に集まった。しかし、いくらマスコミが騒いだところで、上谷を保険金殺人の犯人として逮捕するには証拠が乏し過ぎた。リサの周辺の人々が声を上げた結果、保険会社や警察は上谷に対する審査や捜査を開始したが、あくまでそれは水面下の出来事であり、あの男の逮捕まで至るにはまだ時間がかかった。事件発生から五カ月余り。今度は上谷の側がマスコミへの反撃を開始した。

野村はその場を去る。

5　反撃

上谷の自宅マンション。
一九八六年十一月頃。
上谷が登場し、舞台中央のテーブルに着く。
カメラのシャッター音。
続いてその周りに人々が出て来る。
上谷は自ら書いたマスコミ宛ての手記を読み上げる。

上谷　わたしは人生も半ばにして妻を失いました。これからはその試練に耐えて生きていかなければなりません。自らを納得させ、生き抜かなければならないと思う矢先に一部のマスコミが三人の妻の死にいわれなき中傷を加え、わたしの人生を歪めようといたしました。激しい中傷によってこれまで積み上げてきたわたしの半生のすべてを失いました。妻を失った悲しみに加え、その痛手は言葉では言い表しようがありません。わたしはこれ以上の屈辱に耐えられません。

と上谷の周りに美和、素子、友之が出て来る。
美和が上谷の手記を代読する。

美和　「一番目の妻・京子は看護婦でした。自分が看護する患者の苦しさを言葉に表さず、じっと耐え、辛そうにしながら救いを求めていた京子の姿が今でもまぶたに焼きついてます」

素子が上谷の手記を代読する。

素子　「二番目の妻・夏子は事務員でした。帳簿をつけさせたら天下一です。ソロバンもたいそう得意で、経理の実務をさせたらその正確さ、その早さは天才的でした」

友之が上谷の手記を代読する。

友之　「三番目の妻・リサはわたしに希望を与えてくれました。まだまだこれから語り合いたいことがたくさんあったのにリサは黙って逝ってしまいました」

と上谷が再び手記を読む。

上谷　あなた方《がた》は、今日のマスコミの状況を見てこれでよいとお考えでしょうか。わたしにとって今回のことはマスコミによるリンチだと考えております。

上谷の周りの人々。

美和　「一庶民がマスコミによって人権を侵害され、すべての社会的信用を失い、葬り去られたのです」
素子　「記事は何の根拠もなく、あたかもわたしが三人の妻を殺したかのように書いています」
友之　「病死を高額保険に加入した事実と結びつけ、保険金を詐取することがその目的であるかのように印象づけようとしました」

舞台中央の上谷。

上谷　この人権侵害によって、三人の妻の家族の方々がどれだけ悲しい思いをされたか、それぞれの家族のお話を伺えばよくわかります。

上谷の周りの人々。

美和　「娘の名誉を傷つけられた父や母の怒りがどれほど強いものかおわかりいただけるのではないでしょうか」
素子　「わたしはすばらしい三人の女性と合わせて二十一年間の結婚生活を送りました」
友之　「それぞれ幸福な結婚生活でした。その思い出だけで十分です」

舞台中央の上谷。

上谷　その思い出に泥を塗るような中傷に出会い、いっそ三人を追いかけて彼女たちの世界へ行こうとも思いました。けれど、若くしてこの世を去った三人の妻に夢の中で命の尊さを教えられ、その思い出を心の糧として強く生きよと励まされました。生きていきます。これからもわたしは生き続けます。

上谷、立ち上がり、一礼してその場を去る。
それを見送る人々。
舞台の隅に坂口が出て来る。

坂口　一九八六年十一月——事件から半年後。上谷は「マスコミの中傷にさらされて」と題された手記をマスコミ関係者に配布し、自らの潔白とマスコミへの怒りを表明した。

上谷の周りの人々は去る。

坂口　それでも世間の上谷への非難は一向に緩む気配を見せなかった。上谷をほとんど保険金殺人の犯人と決めつけたような報道は容赦なく上谷を追いつめた。しかし、いくら状況証拠のすべてがあの男を犯人であると示していても、その犯行を証明する決定的な証拠は一つもない。——そんな時だった。

坂口はその場を去る。

6　大野に会う

前景からしばらく経ったある日。
一九八六年十一月の午後。
東京都内のホテルのラウンジ。
野村が出て来る。

野村　あ、坂口さんッ。ここ、ここッ。

するとと反対側から坂口と美和がやって来る。

坂口　ようッ。待たせたかな。
野村　あれ、美和さんも――。
美和　ご無沙汰してます。
野村　こちらこそ。お元気そうで何よりです。
坂口　事情を話したらぜひ同席して話を聞きたいって言うんで。
野村　けど――。
坂口　大丈夫だ。これからのことは他言無用と誓約済みだ。

美和　よろしくお願いします。
野村　まあ、坂口さんがいいって言うなら仕方ないですけど。
坂口　まだいらしてないのか。
野村　ええ。どうやら会議が長引いてるみたいで。
坂口　そうか。顔はわかるのか、先生の？
野村　いいえ。
坂口　じゃあ、どうやって会うんだよ、オレたちと。
野村　先方にわかりやすい目印を言ってありますから。
坂口　目印？
野村　ハイ。
坂口　どんな？

野村、自分の腕につけた「毎日スポーツ」の腕章を見せる。

坂口　大丈夫なのかよ、そんな目立たない目印で。
野村　だからってホテルのラウンジにうちの社の旗を飾るわけにはいかないですよ。
坂口　会えなかったら洒落にならねえぞ。沖縄にいる先生に直接会える機会なんてめったにないんだから。
野村　わかってますよ。
美和　読みましたか、これ。

と上谷が書いた手記を取り出す美和。

野村　ええ。
美和　どう思いますか。
野村　まったくよくこんな大嘘が平気で書けるのか神経を疑いますよ。
美和　ですよね。
野村　だいたいがですよ——。

坂口、野村を引っ張る。

野村　なな何ですか。
坂口　あれじゃないか。

と野村を促して舞台上手を指さす坂口。

野村　さあ。

坂口、野村の腕（腕章）を手に取り、手を振らせる。

野村　ハハハハ。
坂口　ハハハハ。

とナぜか笑う二人。
と反対側からバッグを持ち、スーツ姿の大野が出て来る。
逆方向に手を振る野村と坂口。

大野　あの――。
坂口　すいません、ちょっと今取り込んでるんで。
大野　はあ。
野村　ほんとにあの人ですか。
坂口　だって大学の助教授っぽいじゃないか、あの人。
大野　あの――。
坂口　何ですかッ。
大野　野村さんですか、「毎日スポーツ」の。
野村　ハイ。

二人、大野をきちんと見る。

大野　琉球大学の大野です。
坂口　大野先生？
大野　ハイ。
野村　あ――どうもどうもどうも。「毎日スポーツ」の野村ですッ。

大野　すいません。お待たせしちゃったみたいで。
野村　いえとんでもないッ。初めましてッ。あ、こちらはフリーライターの。
坂口　坂口です。
野村　で、こちらは亡くなったリサさんのお友達の藤井美和さん。
美和　こんにちは。お待ちしてました。
野村　今日はお忙しいところほんとありがとうございます。いやあ、こんなお若い方だとは思いませんでした。
大野　見た目はそうかもしれませんが、そうでもないです。
野村　本来、こちらから出向くべきところをご無理を言いまして。
大野　いや、こちらこそ。ちょうどよかったです、こういう機会があって。
野村　そう言っていただけると。さ、どうぞ、こちらへ。

と大野を椅子に座らせる野村。
大野、椅子に座る。
その周りに座る人々。
大野、腕時計を見る。

野村　あ、時間、大丈夫ですか。
大野　長くならなければ。
野村　ではさっそくですが、電話でお話ししたことをもう一度。
大野　ええ。

坂口はメモ帳を出す。

大野　事の成行きはすでにご存知だと思っていいわけですよね。

野村　ハイ。おそらく日本中の誰よりも。

大野　で、何からお話しすればいいですかね。

野村　まずは電話でおっしゃっていたことです。

大野　ええ。

野村　本当なんですか、先生は亡くなったリサさんの血液と臓器の一部を大学に保管されているというのは。

大野　本当です。正しくは血液と心臓の一部ですが。

野村　（喜んで）ハハハハ。

坂口　ハハハハ。

美和　けど、なぜそんなことを。

大野　はっきりした理由はないんですが、石垣島の警察で解剖をした時、リサさんの臓器の状態に加えて、その後、上谷さんですか、あの人に死亡原因と解剖の結果をお伝えした時――。

ハイ。

野村　彼の様子がどうも奇妙に感じたものですから。

大野　と言うと？

坂口　ご遺体をすぐに火葬にしたいと希望されたり、臓器を全部元通りにしたか確認されたり、

大野　ちょっと引っかかることをおっしゃったんで。

坂口　上谷が。
大野　そうです。
坂口　……。
大野　しばらくは何事もなく過ごしたんですが、あの後、あなたたちが書いた新聞や雑誌の記事を目にすることがありまして。
野村　ええ。
大野　あのことを思い出し、ちょっと調べてみる気持ちになりました。
野村　なるほど。（嬉しくて）ハハハハ。
坂口　ハハハハ。
美和　それで？

大野、バッグから何枚かの用紙を取り出して野村に渡す。

野村　これは？
大野　彼の前の奥さん――リサさんの前の。えーと――。
美和　夏子さん。
大野　そうです、上谷夏子さん。取り寄せたんです、彼女の診断記録を。
野村　（見て）……。

坂口、横からそれをのぞき込む。

美和　それで何かわかったんですか。
大野　死因は急性心筋梗塞――リサさんと同じです。
三人　……。
大野　それに亡くなる時の様子がとてもよく似てることに気づきました――リサさんが亡くなった時の状態と。
三人　……。
野村　それで？
大野　細かいことは省きますが、もしかしたらこれはリサさんが何らかの薬を摂取した結果、引き起こされたものではないか、と。
野村　ですよね。わたしたちもそう思ってたんです。（嬉しくて）ハハハハ。
坂口　ハハハハ。
美和　それで？
大野　調べました、保存してあったリサさんの血液を。これを精密に検査すれば、もしかしたら何かわかるのではないか、と。
三人　（大きくうなずく）
大野　その結果――。
坂口　そこから毒物が検出された――。
大野　いいえ。
三人　……。
大野　わたしどもの大学の設備ではそこまで精密な検査ができないことが判明したんです。
野村　そんな――。

坂口　そんな――。

と同時に落胆する野村と坂口。

大野　しかし、まだ望みはある。わたしは出身大学である東北大学医学部の恩師に電話をして、血液サンプルを送りました。そこでなら精密な検査ができるからです。
野村　で、結果は出たんですか。
三人　（固唾を飲んで）……。
大野　今、その報告を待っているところです。
三人　……。
坂口　先生はご存知でしたか、リサさんが普段から白いカプセルの薬を飲んでいたことを。
大野　いいえ。
坂口　彼女はそれを上谷からもらったと言ってたそうです。そうだよな。
美和　ええ。
大野　なぜそんなものを――。
美和　彼女に聞いたら「上谷が特別に作ってくれたニンニク入りの栄養剤だ」って。
大野　どんなカプセルですか。
美和　普通のこういう白いアレです。このくらいの――。

と指で大きさを示す美和。

大野　それを普段から飲んでいたということですか。
美和　ハイ。「そんな得体の知れないもん飲むのよしなさい」って言っても全然取り合ってくれなくて。「疲れた時に飲むとよく効くの」って。
大野　……。
野村　他にも何かありますか、上谷が疑わしいと先生が考える点は。
大野　まあ。
野村　それは何ですか。
大野　保険金のことです。
野村　それが何か――。
大野　何回も督促があったんです、上谷さんから。その――保険金を受け取るための死体検案書の。
野村　検案書？
大野　当初、リサさんが亡くなった直後、上谷さんは警察で「死亡保険には入っていない」と言ってるのをご存知ですか。
野村　ハイ。
大野　また、あなた方の記事で知ったことですが、「当初、額が額だけに保険金を受け取る気はなかった」と言ってるわけですよね。
坂口　そうです。
大野　しかし、彼はわたしに何度も死体検案書を催促してきたのは、リサさんが亡くなってすぐです。これは話が矛盾してますよね。
三人　……。

坂口　今聞かせてもらった先生の話と関連づければ、こういうことになりませんか。上谷は保険金を得るために沖縄で毒物が入ったカプセルをリサさんに飲ませ、病死に見せかけて殺した、と。

大野　……。

坂口　どうですか。

大野　今の段階では何とも。しかし――。

坂口　しかし何ですか。

大野　もしも検査の結果、彼女の体内に毒物が認められたならその可能性は否定できません。

三人　……。

野村　その結果がわかるのはいつ頃になりますか。

大野　ハッキリとはわかりませんが、年内には報告があると思います。

野村　わかりました。これがわたしのデスク直通の電話番号です。わかり次第ご連絡をいただけると助かります。

と名刺を差し出す野村。

大野　（受け取り）承りました。ただ、このことはまだどこにも漏らしていない情報です。くれぐれも注意して扱っていただきたい。

野村　もちろんです。

と自分の名刺を野村に渡す大野。

坂口　いやあ、ほんとに助かりましたッ。先生がいなければ下手すればあの悪魔は大手を振って生活してたところですよ。ハハハハ。

野村　ほんとほんと。ハハハハ。

美和　（鬱陶しい）……。

大野　警察は動いてないんですか。

坂口　動いてます、かなり早い段階から。わたしたちが働きかけた結果ですけど、証拠固めに手間取ってるようで。

大野　じゃあわたしも結果が出次第、警察に報告します。いいですよね。

坂口　もちろんです。

と時計を見る大野。

大野　バタバタで申し訳ありません。これから学会の懇親会がありますので。

と立ち上がる大野。

野村　お忙しいところ本当にありがとうございました。

坂口　ありがとうございました。

大野　いえ。それにわたしがあなたたちに情報を提供するのは彼を追いつめるためじゃありません。

野村　はあ。
大野　わたしが知りたいのは——真相だけです。
三人　……。
大野　失礼。

大野、行こうとして戻って来る。

大野　あ、何とおっしゃいましたか、お名前。
美和　美和です、藤井美和。
大野　お友達だったんですよね、リサさんと。
美和　ええ。
大野　本来、先に言うべきでしたが、心からお悔やみ申し上げます。
美和　……。

とその場を去る大野。

美和　……。
坂口　何見とれてるんだよ。
美和　別に——。

野村、大野を見送っている。嬉しそう。

坂口　こっちもかよ。
野村　ハハハハ。

と笑い出す野村。

坂口　（つられて）ハハハハ。大収穫じゃないかッ。
野村　ああ。

奇声を上げて笑い合う野村と坂口。
坂口、野村から大野の名刺を受け取る。

野村　じゃあ、オレは社に戻りますッ。

とその場を去る野村。

美和　……。
坂口　何だよ、みーちゃんは嬉しくないのか。
美和　嬉しいわよ。
坂口　なら喜べよ、もっと。
美和　まだわからないじゃない、いい結果が出るかどうか。

坂口　まあ。

美和　それに――。

坂口　それに何だよ。

美和　素直に喜べない。リサの最後を思い出すと。

とその場を去る美和。

坂口、大野の名刺を見る。

坂口　大野先生が属するのは琉球大学医学部病理教室である。どんな分野の人間もそうだと思うが、それが通常のものかそうでないかを察知できるのは、否応なしにたくさんの事例を見るからだと思う。先生が初めてあの男に会った時に感じた奇妙な違和感は、間違いであったか否か？　そんな時、総額一億八五〇〇万円に及ぶ保険金支払いをしぶる保険会社に対して、上谷は意外な行動へ打って出る。

その場を去る坂口。

7　民事訴訟

年が明けて一九八七年三月から一九八九年二月の結審までの三年間。
東京地裁の法廷。
上谷を原告、保険会社四社を被告とする保険金請求裁判の口頭弁論が行われている。
カターンと法廷の木槌の音が響く。

書記官（声）　昭和六十二年（ワ）第5213号。原告・上谷豊、生命保険会社四社を被告とする保険金請求事件。

裁判官（声）　では、開廷します。原告代理人、訴状の通り陳述しますか。

と原告代理人（素子）がスーツ姿で出て来る。

素子　ハイ、そのように。

と舞台の隅に坂口が出て来る。

裁判官（声）　被告代理人、答弁書記載の通りに陳述しますか。

と反対側に被告側代理人（野村）がスーツ姿で出て来る。

野村　その通りに陳述いたします。

素子と野村は代理人として役を演じる。

坂口　リサさんの死亡による巨額の保険金の支払いを保険会社四社は拒否した。その理由は、「告知義務違反」と「公序良俗違反」だった。その対応に対して上谷が取った行動は、保険会社を相手どった保険金支払いを求める民事訴訟だった。

上谷が出て来て、証言席に座る。
代理人A、Bは、それぞれ所定の位置に着く。

坂口　まずは原告代理人による主尋問。

代理人Aによる主尋問が行われる。

素子　では、原告代理人よりお聞きします。
上谷　ハイ。
素子　奥さんと友達三人とともに行く沖縄旅行にあなたが同行したのはなぜですか。

上谷　沖縄の農家の状況を見たかったからです。
素子　新しく作る予定だった食品加工会社で仕入れる材料を見つけるため？
上谷　そうです。
素子　奥さんが石垣島の病院で亡くなった時、あなたはどこにいましたか。
上谷　沖縄の空港です。
素子　奥さんとは一緒じゃなかったんですね。
上谷　空港で別れて彼女たちは飛行機で石垣島へ。
素子　解剖の結果、医師からどんな死亡原因を告げられましたか。
上谷　急性心筋梗塞です。
素子　それは病死ということですね。
上谷　ハイ。
素子　リサさんは白いカプセルに入った薬を飲んでいましたか。
上谷　ハイ、飲んでました。
素子　その薬の成分は？
上谷　栄養剤——ニンニクエキスです。「これを飲むと元気になる」と。
素子　それはリサさんが自らの意志で飲んでいたものですよね。
上谷　そうです。
素子　次に保険加入についてお聞きします。これだけ多額の保険に入ろうとしたのはなぜですか。
上谷　老後も現在の収入を維持したいと思ったからです。その希望に沿うように保険会社の外交員の方が作ってくれた計画書に従いました。
素子　あなたと奥さん、どちらのほうが熱心に加入を考えたのですか。

上谷　妻です。
素子　今、リサさんの家族とはどんな付き合いをしていますか。
上谷　普通の親戚付き合いをしています。
素子　終わります。

と自席に戻る代理人A。

坂口　続いて被告代理人による反対尋問。

と代理人Bが出て来て反対尋問を行う。

野村　では、保険会社四社、被告代理人からお聞きします。
上谷　ハイ。
野村　保険金について。あなた自身もリサさんと同じ生命保険に入っていたわけですよね。
上谷　そうです。
野村　月の保険料は二人合計でいくら払うことになるんですか。
上谷　三十六万ほどです。
野村　当時のあなたの収入から計算すると、この額は月収の四十パーセントですが。
上谷　新しい会社ができれば、そこから出資してもらえる算段でした。
野村　しかし、保険契約締結直後、リサさんが死亡したので、保険料は最初の一回しか払っていない。これで合ってますか。

上谷　そうです。
野村　新しい会社とは食品加工の会社のことですか。
上谷　ハイ。
野村　その会社は何と言う会社ですか。
上谷　出資者に迷惑がかかるので、そのことはお答えしかねます。
野村　別の質問です。結婚後、リサさんとともに大阪に転居したのはなぜですか。
上谷　大阪の知り合いからコンサルタントの仕事をしてみないかと誘われたからです。
野村　実際、仕事はしたんですか。
上谷　ハイ。けど、思ったより仕事はなかったのが事実です。
野村　にもかかわらずあなたは月に三十六万の保険料を支払うつもりだったわけですよね。
上谷　ハイ。
野村　それはどこから出たお金ですか。
上谷　東京にいくつかマンションを所有していたので、それを売ったりしてそこから捻出しました。
野村　あなたはサラ金から借金したことはありますか。
上谷　あります。
野村　いくらくらい？
上谷　その時々で違うのでわかりません。
野村　あなたは、沖縄旅行の費用を作るためにサラ金からお金を借りてませんか。
上谷　借りてます。しかし、それは新会社のために投資した金が期日までに回収できなかったのでそうしただけです。

野村　どんな理由であるにせよ、あなたの財政は非常に逼迫《ひっぱく》した状態だったのではありませんか。
上谷　否定はしません。
野村　以上です。

と代理人Bは自席に戻る。
その様子を舞台隅から見ていた坂口。

坂口　保険金の支払いをめぐり上谷と保険会社が争ったこの裁判の間、上谷は池袋から足立区のマンションへ引っ越し、自転車部品会社に経理部長として就職し、長い裁判を戦った。

舞台中央の椅子に座ったままの上谷。
小渕官房長官の「新しい年号は平成であります」という音声が聞こえる。

坂口　そして、時代が昭和から平成に変わった平成元年――一九八九年二月。三年にわたる民事裁判は結審を迎えた。

うつむいている上谷。

裁判官（声）　では、判決を言い渡します。

上谷と代理人たちは顔を上げる。

裁判官（声）　主文。被告・保険会社四社は、いずれも訴状記載の金額を原告へ支払え。

判決を聞いている坂口。

裁判官（声）　以下その理由を述べます。上谷リサは昭和六十年六月五日から七月十一日までの間、池袋クリニックに通院し、自律神経失調症の治療を受けたが、その症状は軽微であり、必ずしも被告側が主張するような著しい症状を呈していたわけではない。よって、告知義務の対象となる重大な事実は、そこに認められず――。

坂口　第一審、上谷勝訴。これが裁判所が下した判決だった。

上谷、小さな微笑みを漏らしてその場を去る。

坂口　判決を不服として被告側――すなわち保険会社はすぐに控訴。一九九〇年六月、第二審が同じ東京高裁で始まった。人間の関心というものは長続きしない。天安門事件、ベルリンの壁崩壊、宮崎勤事件――。人々の関心も次々に起こる新しい事件へ移っていった。それは、そんな白けたムードの控訴審の証人尋問における出来事だった。一九九〇年十月。

と代理人Bが前に出て来る。

野村　では、被告側の証人として大野曜吉《ようきち》を召喚します。

と証言席にスーツ姿の大野が出て来る。
証言席に着く大野。

大野　宣誓。良心に従い真実を述べ、何事も隠さず偽りを述べないことを誓います。

と用紙を見て宣誓する大野。

野村　では、代理人からお聞きします。あなたの職業を教えてください。
大野　現在は日本大学医学部助教授ですが、ちょっと前までは琉球大学医学部助教授でした。
野村　ご専門は何ですか。
大野　主に法医学を。
野村　琉球大学医学部時代、沖縄県内における死亡事故や事件の行政、司法ともに解剖を担当されていたということでいいですか。
大野　その通りです。
野村　今から四年前の一九八六年五月二十一日、原告である上谷豊さんの妻、リサさんの行政解剖を八重山警察の解剖室で行ったのは事実ですか。
大野　事実です。
野村　解剖の結果、リサさんの死因は特定できましたか。
大野　その時の所見では「急性心筋梗塞」としました。
野村　その診断は正しかったと思いますか。

大野　……。

野村　どうですか。

大野　いいえ。間違っていたと思います。

野村　そのように思い直した理由を教えてください。

大野　急性心筋梗塞と診断したものの、死因に関してちょっと腑に落ちないところがあり、調べ直すことにしました。

野村　ご遺体はすでに火葬されていて存在しないのに？

大野　ご遺体の血液と心臓の一部を切り取り保存していたからです。

野村　なるほど。その血液と心臓の一部を使ってどのような検査をしたんですか。

大野　ご遺体の状態から判断して、何らかの薬物を摂取した可能性を捨て切れず、もしもそういう場合、どんな薬物がありうるのか――それを検査によって特定しようと試みました。

野村　検査の結果はどのようなものでしたか。

大野　東北大学医学部の協力の上、わたしの恩師である水柿薬剤部長に検査を依頼し、精密な検査をした結果――死亡した女性の血液からある成分が検出されました。

野村　それは――何ですか。

大野　「アコニチン」という成分です。

野村　もう一度お願いします。

大野　アコニチン――主にトリカブトという植物の根っこの部分に含まれる毒物です。

野村　トリカブト？

大野　ハイ、主に野山の湿地帯に生息する植物です。

舞台の隅に上谷が出て来てそれを見る。

野村　その植物についての詳しい説明は後でお聞きしますが、先生の判断では、リサさんは急性心筋梗塞で亡くなったのではなく、その毒物によって亡くなった、と。

大野　そうです。

野村　つまり、リサさんの死因は――。

大野　アコニチンを摂取した結果の――トリカブト中毒死です。

上谷　……。

それを舞台の隅から見ていた坂口が口を開く。

坂口　トリカブト――それまでたぶん多くの人が一度も耳にしたことがない植物の名前。そして、大野医師によるこの証言がこの事件の行方を大きく変えることになる。

大野は証言を続ける。

大野　詳しく説明します。トリカブトはキンポウゲ科トリカブト属の総称です。花の色は一般に紫色。沢などの比較的湿気の多い場所に生息します。名称の由来は、根っこの部分がカラスに似ていて――。

それをじっと見つめる上谷。

大野がしゃべり続ける中、暗くなる。

8　優しい義兄

前景から二カ月後。
一九九〇年十二月の夜。
足立区にある上谷のマンション。

上谷（声）　どうぞ、遠慮しないで。ホラ――。

と上谷に誘導されて友之がやって来る。
上谷はコンビニの袋を持っている。

友之　……。
上谷　ホラ、そんなとこに突っ立ってないで、座ってよ。
友之　すいません、いきなり。
上谷　そんな他人行儀はやめてよ。あ、ちょっと待ってて。

と隣室に去る上谷。

友之　よく行くんですか。
上谷（声）　うん？
友之　さっき連れてってくれた店。
上谷（声）　まあ、このへんじゃ一番美味いからね、あそこの肉が。腹はいっぱいになった？
友之　あんないい肉、食べるの久し振りです。
上谷（声）　そりゃよかった。

上谷、戻って来る。
手に任天堂のスーパーファミコンを持っている。

上谷　これだろ。
友之　あ、そうです。
上谷　どうぞ。
友之　ほんどいいんですか。
上谷　いいよ。もらい物だから。マリオとドラクエのカセットも一緒に。
友之　ありがとうございますッ。嬉しいです。

とそれを受け取る友之。

上谷　それに義理の弟がこうしてはるばる東京まで来てくれたんだ。何かしてあげたくなるのも当然だろ。

友之　はあ。

と袋からウイスキー瓶を出してコップに注ぐ。
友之、部屋を見回す。

上谷　何もなくてびっくりした？
友之　まあ。
上谷　ま、どうせ長く住むわけじゃないし、こういうほうが落ち着くんだ。
友之　……。
上谷　じゃもう一度、乾杯しよう。

とウイスキーを友之に渡す上谷。

上谷　就職、おめでとう！　乾杯ッ。
友之　ありがとうございます。

と乾杯する二人。

上谷　これで夢に一歩近づいたってわけだよな。ＮＥＣ、簡単に入れるとこじゃないよ。
友之　まあ。
上谷　今度、お祝いに高いスーツでもプレゼントするよ。

友之　お気持ちだけで。
上谷　そうもいかないだろう。リサに叱られるよ、そんなとこでけちってたら。
友之　……。
上谷　オレ、昔、大学に受かんなくて就職することになったからさ、君には頑張ってほしいって心から思うよ。
友之　上谷さん、何になりたかったんですか。
上谷　笑うなよ。
友之　ええ。
上谷　化学者――あ、化学《ばけがく》のほうね。
友之　へえ。
上谷　意外かな。
友之　いや、そんなことないですけど。
上谷　子供の時から実験とかそういうのが好きでね。だから白衣着て、いろんな研究する仕事をしたかった。
友之　そうなんですね。
上谷　結局、見ての通り、普通のサラリーマンにしかなれなかったけど。ハハ。
友之　……。
上谷　ところで、元気なの、ご両親は。
友之　まあ、何とか。
上谷　畑のほうは大丈夫なの、今年は。
友之　前の時みたいなひどいことにはなってないみたいです。

上谷　そうか、そりゃよかった。
友之　その節はほんどに――。
上谷　やめてよ。別にそういう意味で言ったんじゃないんだから。
友之　……。
上谷　そうそうリサの遺品の整理してくれてありがとうな。
友之　いいえ。
上谷　レコード、重かったろう。
友之　そうですね。
上谷　もう売りに出した、あれ。
友之　いいえ、実家にとってあります。
上谷　そうか。まあ、姉さんの思い出の品だもんなあ。簡単には捨てられないか。
友之　……。
上谷　あれからもう四年だもんなあ。
友之　……。
上谷　そのせいかだいぶ訛りも抜けた。
友之　そうですか。ハハ。
上谷　ところで、どんな娘なの。
友之　え?
上谷　さっきメシ食った時に言ってたろ。彼女ができたって。
友之　ああ――。
上谷　大学の同級生?

友之　二つ下の後輩です。
上谷　可愛い？
友之　どうだろう。
上谷　その反応は相当可愛いと見たな。
友之　可愛いです。
上谷　ならそう言えよ、最初から。ハハハハ。
友之　ハハハハ。

遠くで電車の通過音。

上谷　何か久し振りだよ。
友之　ハイ？
上谷　こうやって誰かと世間話して笑うのは。
友之　そうなんですか。
上谷　そうだよ。もともと経理事務って仕事は人と話さなくてもできる仕事だからね。
友之　なるほど。
上谷　それに仕事しながら裁判の準備もあるからホッとする時間がない。
友之　……。
上谷　もっともそんな会社も退職したけどね。だから君が来てくれて嬉しいよ、とても。
友之　……。
上谷　友之くんだけだよ、オレとこんな風に向き合ってくれるの。

友之　はあ。
上谷　何かオレばっかりしゃべってる。
友之　すいません。
上谷　構わないさ。無理せずくつろいでくれれば。自分の家だと思って。

遠くで電車の通過音。

友之　一ついいですか。
上谷　うん。
友之　なんで訴え、取り下げだんですか——裁判の。
上谷　……。
友之　最後まで戦えばいいじゃないですか、こっぢに非がないなら。
上谷　……。
友之　ここでやめたら周りからまた何言われるかわかったもんじゃない。
上谷　……。
友之　あ、すいません。偉そうに。
上谷　いや、君の言う通りだよ。
友之　……。
上谷　けどね、弁護士の先生に言われたんだ。このまま戦ってもこっちが勝つ見込みは薄いって。
友之　……。
上谷　だったら勝てない裁判で無駄な金使うより、黙って事の成行きを見守ったほうがいいんじゃないかってね。
上谷　それでいいんですか。
友之　正直言うと、わかんない。
上谷　……。
友之　けど、長いこと頑張ってきて、ちょっと疲れた。

と笑顔で言う上谷。

友之　……。
上谷　友之くんをがっかりさせちゃったかもしれないけど。
友之　……。
上谷　ま、明日は明日の風が吹くさ。ハハハハ。
友之　……。
上谷　(腕時計を見て)あ、もうこんな時間か。明日、早いって言ってたよな。
友之　ええ。
上谷　じゃあっちに布団敷くからちょっと手伝ってよ。
友之　ハイ。
上谷　たぶん大丈夫だと思うけど、長いこと使ってないんで臭ったらごめん。
友之　我慢します。
上谷　友之くん。
友之　ハイ。

上谷　何度も言うけど、今日は会いに来てくれてほんと、ありがとう。

とその場を去る上谷。
電車の通過音。
友之、窓から見える夜景を見る。

友之　……。

上谷（声）　あ、やっぱり臭うわ、これッ。どうしよう、これダメかもしんない。

上谷を追い、その場を去る友之。
舞台隅に出て来る坂口。

坂口　リサの弟の友之くんはどこまで上谷を信じていたのだろう。たぶん彼は何度も上谷に直接、聞きたかったに違いない――「あなたは本当に無実なんですか」と。けれど、そんな問いを上谷に発することなく、月日は過ぎていったのだと思う。大野医師のトリカブト証言を機に上谷は控訴を取り下げ、東京から姿を消し、北海道の札幌に逃亡する。

とその場を去る坂口。

9　花言葉

前景から半年後の一九九一年五月。
大きな旅行カバンを持って坂口が出て来る。
続いて美和が出て来る。
これから息子とともに青森にあるリサの実家を訪ねる途中。
上野駅の待合所。
列車の発着に関する場内アナウンスが聞こえる。

美和　ごめんね、ほんと。そんなことやらせて。
坂口　気にすんなよ。ちょうど近くで打ち合わせがあったからそのついで。
美和　ありがとう。
坂口　あれ、達也くんは?
美和　トイレだって。
坂口　時間、大丈夫なの。
美和　卓ちゃんが車で送ってくれたからまだ余裕。
坂口　しかし、大人っぽくなったよな、達也くん。
美和　そう?

坂口　いくつだっけ。
美和　もうすぐ十歳。
坂口　大丈夫かな。
美和　何が。
坂口　ママの元彼が復縁迫ってるみたいに見えたら。
美和　大丈夫よ。
坂口　だって車ン中でオレのこと意味ありげにじっと見てたから。言っといてね、ちゃんと。ママと再会したのはそういうのじゃないって。
美和　心配し過ぎ。
坂口　何泊するの、向こうで。
美和　三泊四日。
坂口　初めてだっけ、青森に行くの？
美和　そう。久し振りに息子とのんびりしてくる。
坂口　向こうでリサちゃんの弟くんに会ったらよろしく言っといて。
美和　わかった。
坂口　……。
美和　記事、読んだよ。あなたが書いた――「週刊タイムリー」の。
坂口　そう。そりゃありがとう。
美和　初めて知ったわ、上谷のお母さんのこと。
坂口　ああ――。
美和　本人に聞いたわけじゃないんでしょ。

坂口　まあね。
美和　どうやって調べるの、ああいうこと。
坂口　それは企業秘密だな。
美和　あたし、想像しちゃった。
坂口　何を。
美和　同じ年なのよ、上谷のお母さんが死んだ年と、今のあたし。
坂口　へえ。
美和　ショックよね、すごく。もしもあたしが達也の前で毒飲んで自殺なんかしたら。
坂口　……。
美和　しかも死んだお母さんと亡くなった二人の前妻が同い年なんて。
坂口　ああ。
美和　それも事件に関係してるのかな。
坂口　どうだろう。けど、そういう過去があいつに大きな影響を与えたのは事実じゃないかな。
美和　そうよね。
坂口　だからきちんとしてないとな、子供の前では。
美和　(うなずく)
坂口　いずれにせよ、早く事実がハッキリして、リサちゃんにきちんと報告できる時がくればいいんだけど。

美和　進展ないんでしょ、その後。
坂口　ああ。
美和　まったく理解に苦しむわ。日本の警察は優秀だって聞いてたけど、今回に限って言えば、

坂口　見損なったとしか言いようがない。
美和　なんで？　だってそうでしょ。大野先生の証言だけじゃ弱いのはわかるわよ。けど、去年の年末にテレビで事件を知った人が「あいつにトリカブトを売った」って証言したのよ。それなのになんで警察はあいつを逮捕しないのよ。
坂口　オレに言うなよ。
美和　……。

坂口、辺りを見回す。

坂口　達也くん、遅くないか。迷子にでもなってたら乗り遅れるぞ。
美和　大丈夫よ、ちゃんと場所は言っといたから。

美和、ふと何かを思い出す。

美和　あ、そうそう。ずっとあなたに教えようと思って言いそびれてたことがあるの。
坂口　何？
美和　うん。
坂口　（照れて）え、やめてよ。そんな——。そんなこと、ここで言わなくてもいいじゃない。
美和　何勘違いしてんのよ。別に復縁しようなんて話じゃないわよ。
坂口　あ、違うんだ。ハハハハ。

美和　調べたのよ、花言葉を。
坂口　花言葉？
美和　そう。トリカブトの花言葉――知らないでしょ。
坂口　ああ。

美和、バッグから手帳を出して見る。

美和　「騎士道、人間嫌い、復讐」――。
坂口　へえ。
美和　そして、もう一つ。「あなたはわたしに死を与えた」――。
坂口　……。
美和　やっぱりちょっと怖い花言葉だった。
坂口　そうだな。

美和、腕時計を見る。

美和　仕事あるんでしょ。あたしたちはもう平気だから。
坂口　そうか。じゃここで。気をつけてな。
美和　送ってもらって助かりました。ほんとありがとう。
坂口　息子さんによろしく。
美和　わかりました。

坂口　念を押すけど、ちゃんと言っといてね。「オジさんは別にお母さんに復縁を迫ってるわけじゃない」って。

美和　よーく伝えておきます。また何かあったら電話して。

坂口　ああ、それじゃ。

とその場を去る坂口。

美和、それを見送ると息子を発見する。

美和　達也ッ。ここ、ここッ。何やってんのよ、もう。

と手を振りながら旅行カバンを持って去る。

舞台の隅に野村が出て来る。

野村　一九九一年、五月。美和さんはリサの命日に行われる法事に参加するために青森へ向かった。事件からすでに五年の歳月が流れたが、表立った事件の進展はわたしたちに伝わってこなかった。しかし、わたしたちの知らないところで警察は地道な捜査を続け、事件が新たな局面を迎えるのはそれからすぐだった。一九九一年六月、上谷は業務上横領罪で逮捕。七月、殺人罪で再逮捕。その年の十月から東京地裁で刑事裁判が始まる。

野村はその場を去る。

10　証人たち

東京地裁の法廷と様々な場所。
一九九一年十月の前後。
上谷が出て来て、舞台中央のテーブル（証言席）に着く。
カターンと木槌の音。
上谷は人々に冤罪を訴える。

上谷　まったく不当な裁判だと言わざるを得ません。沖縄の石垣島で妻が病死してから今日に至るまで、わたしは言われなき不当な批判、中傷にさらされ続けてきました。それらの攻撃は当初はマスコミによるものでした。だからいくら不快な思いを抱いても黙って耐えればいつかは通り過ぎる台風のようなものだと高をくくっていました。しかし、今回のそれは違います。国が、司法が、権力がわたしを裁こうと身を乗り出してきたんです。となれば、黙ってばかりはいられません。わたしは声を大にして言いたい。あなたがわたしを裁くと言うなら不本意ながらそれを受け入れましょう。しかし、あなたたちがそう言うなら、わたしがリサを殺した犯人だと言うなら、それをきちんと証明していただきたい。

と坂口が舞台隅に出て来る。

大野　福島県西白川郡の高山《こうざん》植物店の店主の妻の証言。

　　と別の場所にいる素子に明かりが当たる。

素子　「この人がテレビに映ってるのを見てびっくりしました。ハイ、この人です。この人にトリカブトを売りました。売ったのは一九八二年の七月から九月です。最初の時は十五鉢、二回目は五十四鉢——合計六十九鉢です。まとまって買っていったので強く記憶に残ってます」

上谷　ハハハハ。確かに買いました。しかし、それは生け花をやっていた二番目の妻の夏子が「トリカブトを使うと斬新で面白い」と言うからその希望に応えただけです。

＊　＊　＊

坂口　神奈川県横須賀の水産業者の証言。

　　と別の場所にいる野村に明かりが当たる。

野村　「売ったよ、この人に。クサフグを大量に。クサフグには毒があるからね、普通は売れないんだ。けど、この人は『大学でやる実験に使うから』とか言ってどうしてもほしいって言うんでね。一二〇〇匹だったと思う。ま、こっちとしては売れないもんが売れて得したからありがたいことだけど」

上谷　いいえ、そうじゃありません。新しく始めようとしていた食料品加工会社で扱う食品の中の一つとしてフグ料理を扱いたかったので、それに相応しいかどうか、自分なりに調理して試したかったからです。

＊　＊　＊

坂口　荒川区東日暮里《にっぽり》の薬局の店主の証言。

と別の場所にいる素子に明かりが当たる。

素子　「よく買いにいらっしゃってました。買っていくのはメタノールやエタノールという薬品です。五〇〇ミリリットル入りの。時期はハッキリしませんが一九八〇年代の半ばから翌年にかけてだと思います。一緒に風邪薬や鎮痛剤なども。そうです、白いカプセルに入ったものです」

上谷　とんだ誤解です。薬品は夏子が飼っていた犬の消毒のために買いました。風邪薬や鎮痛剤は夏子がよく風邪を引いたり、胃痙攣《けいれん》を起こしたので必要だと思って買っただけです。

＊　＊　＊

坂口　千代田区中央の化学実験用品専門店の店員の証言。

と別の場所にいる野村に明かりが当たる。

野村　「ハイ、この人がお買い上げくださったことに間違いありません。エバポレーターっていう器械です。製薬会社や研究室で薬を精製する時に使うものです。個人の方が買うのは珍しいのでよく覚えてます。一九八二年の春だったと記憶してます」

上谷　気晴らしです。取引銀行に行く途中で見かけて興味を持って買いました。これと言って趣味らしい趣味がなかったので、それを使ってどんなことができるか試したいと思いました。まったくの遊びです。

＊　＊　＊

坂口　練馬区春日《かすが》町の薬品研究所の職員の証言。

と別の場所にいる素子に明かりが当たる。

素子　「そうそう、この人だと記憶してます。合計で三回くらいですか、ここから実験用のマウス——ハツカネズミを買っていったのは。一回当たり五〇匹ですから、合計すると一五〇匹になるかと。まあ、用途は聞かなかったのでそのへんはわからないですけど、確か大学の先生だと名乗ったのではないかと」

上谷　いいえ、違います。もちろんトリカブトに毒があることは知ってましたが、そのマウスを使ってちょっとした実験をしてみようと思っただけです。あくまで、一つの化学的な好奇心としてです。

＊　＊　＊

坂口　荒川区東日暮里のアパート管理人の証言。

と別の場所にいる野村に明かりが当たる。

野村　「この人ですよ、うちのアパートを借りてたのは。一九八三年の夏から翌年の冬までです。

上谷　まあ、特に問題があったわけじゃないですけど、覚えてるのはこの人の部屋の水道料がやたらに高い月が何度かあって。別に問い質《ただ》したりはしませんでしたけど、何に使うとあんな料金になるのかほんと謎でした」

坂口　そう言われてもまったく記憶にありません。けど、水道の蛇口を閉め忘れることはよくあったと思います。その頃、夏子と再婚したばかりでしたが、情緒不安定な彼女のことでいろいろ思い悩んだりしてましたから。

上谷はその場を去る。
坂口もそれに続いて去る。

＊　＊　＊

上谷は横領についての罪は認めたが、殺人については全面的な否認。裁判では採用されなかった証言は数多くあるが、上谷はどんな証拠を突きつけられても、あれやこれや理由をつけて自らの行動を正当化し続けた。

上谷　何度も言わせないでくださいッ。わたしは夏子はもとより、リサを殺したりしてません。あなたたちが主張するいろんな人のいろんな証言は、つまるところ状況証拠に過ぎないじゃないですか。そんな理由で有罪にされちゃ納得できませんッ。

坂口　上谷はそう主張して、自分が有罪であることを決して認めなかった。これだけ不自然な行動を指摘されても上谷は主張を変えなかった。しかし、その主張をし続ける根拠が彼にはあった。

11　解けない謎

一九九一年の十一月初旬。
東京地裁の法廷脇にある待合室。
野村が手帳片手にやって来る。
何回目かの公判が終わった後。

野村　（手帳を見て）……。

そこへ坂口が手帳を持ってやって来る。

野村　どうでしたか。
坂口　ダメだった。警察からマスコミには一切何もしゃべらないでくれって言われてるそうだ。
野村　ま、そりゃそうですよね。
坂口　何だよ、お前らしくもない。
野村　何がですか。
坂口　いつものお前なら、傍聴席にモノになりそうな関係者がいたら、いの一番に食らいついて話聞きに行くのに。

野村　いつもならそうですよ。けど、今は頭がそっちにいかなくて。
坂口　……。
野村　どう思いますか。
坂口　何が。
野村　今日の裁判の弁護側の主張ですよ。納得できますか、
坂口　まあ。
野村　ややこしいんで、ちょっと整理させてもらっていいですか。
坂口　ああ。
野村　弁護側の主張はこういうことでいいんですよね。まず大前提として、トリカブトの毒は即効性がある。だから飲んだら少なくとも数十分以内にからだに異変が起こる。
坂口　そうだ。
野村　にもかかわらずリサさんのからだに異変が起こったのは、正午に那覇空港で上谷と別れてから一時間四十分後——。
坂口　ああ。
野村　その間、リサさんは何も口にしていないと同行していた美和さんは証言している。
坂口　そうだ。
野村　つまり、この事実から逆算すると、上谷がリサさんにトリカブトの毒を入れたカプセルを飲ませて殺害することは理論上、不可能である、と。
坂口　……。
野村　リサさんが苦しみ出したのは、一時四十分頃。その頃、上谷は大坂へ帰るために那覇空港で飛行機を待っていたわけだからアリバイが成立する——。

坂口　……。

野村　結果として上谷の犯行は証明しようがない。

坂口　ああ。

野村　そんなことってありですか。

坂口　ありもなしも弁護側の主張はそういうことだ。

野村　じゃなくて坂口さんの意見を聞いてるんですよ。

坂口　トリカブトの毒は飲んですぐ症状が現れるのは事実と認定されてる。だから、弁護側の主張は正しい。

野村　そんな――。じゃこの事実を裁判所が認めたら、あいつは無罪になることもあり得るってことじゃないですか。

坂口　残念ながらそういうことだ。

野村　そりゃどう考えてもおかしいですよ。坂口さんも聞いたでしょ、あいつはずっと前から計画してやってたんですよ。植物店でトリカブトを買って、秘密で借りたアパートで実験器具用意して、トリカブトから毒を抽出して、カプセルに仕込んで、それを奥さんに飲ませて。状況証拠は真っ黒じゃないですか。

坂口　……。

野村　あいつの言い訳聞きましたか。「前妻の生け花のためにトリカブトを買った」――。あいつは逮捕される前、警察の尋問で「トリカブトなんか見たことも聞いたこともない」って証言してるんですよ、しゃあしゃあと。なのにほんとは六十九鉢も買ってたんです。

坂口　……。

野村　「化学的好奇心でトリカブトから毒を作った」――ふざけるのもいい加減にしろって話で

坂口　すよ。作りませんよ、そんなもん、何の目的もなく。そんなことあるわけないじゃないですかッ。

野村　……。

坂口　何とか言ってくださいよ。

野村　気持ちはわかる。けど、あいつのアリバイに関しては弁護側の主張が理にかなってるのは事実だ。

坂口　……。

野村　しかし、まだ望みはある。

坂口　と言うと。

野村　大野先生が東北大学と連携して、毒物の効用に関しての実験を繰り返してくれてるのは知ってるよな。

坂口　ええ、まあ。

野村　その結果次第じゃまだこっちにも勝ち目はある。

坂口　連絡が来たんですか。

野村　いや、まだ。

坂口　じゃあ、それでいい結果が出なきゃまずいじゃないですか。

野村　……。

坂口　これであいつが逆転無罪なんてことになったら、オレたちも相当、叩かれますよ。キャンペーンやってまであいつを追及してきんだから。

野村　そんなことはわかってるよ。けど、そうなったらそうなったで責任を取るしかないだろう。

坂口　やめてくださいよ、そんなこと言うの。オレの女房、今、三人目の子供が腹ン中にいるん

坂口　ですから。ここでクビになったら女房に絞め殺されちゃいますよ。

野村　何とかなるよ、きっと。

坂口　そんなこと言って。この仕事の結果次第じゃ、オレ、昇進できるはずなんですから。

野村　そんなこと知るかよ。

坂口　あんたはフリーで独身だからそんなのんきなことが言えるんですよ。けどこっちは違うんですからね。

野村　お前は空手が得意なんだから、新聞社クビになったら空手の道場でもやれ。

坂口　どういう提案ですか。そんなんで食ってくの大変に決まってるじゃないですか。

とそこへ素子がやって来る。

素子　……。

坂口　何か？

素子　坂口さんですよね、フリーライターの。

坂口　そうですけど。

素子　覚えておいでですか。

坂口　（わからず）……。

素子　髙山です、なにわ生命保険の。

坂口　ああ――。

素子　さっきあっち（傍聴席）でお見かけしたもんで。

坂口　どうも、ご無沙汰してます。その節はいろいろ――。

素子　こちらこそ。
坂口　見に来られたんですか、裁判？
素子　ええ。ちょうど東京の親戚のとこに来てたもんで、そのついで。
坂口　そうですか。
素子　お忙しそうやったから声かけそびれましたけど、ご挨拶だけでもと思いまして。
坂口　それはご丁寧に。
素子　そちらは——。
坂口　杉並で空手道場をやってる野村という後輩です。
素子　空手？
坂口　ええ。
野村　どうも——空手家の野村です。
坂口　しかし、こんなとこでお会いするとはねえ。
素子　ほんまに。
坂口　関心があるんですね、やはり。
素子　まあ。とは言うてもあたしなんかただの外野やけど。
坂口　(野村に) 大阪で上谷に保険を勧めたのがこの人なんだよ。
野村　へえ。
坂口　取材させてもらったのはずいぶん前ですよね。
素子　もう五年なりますやろか。
坂口　そうそう、事件直後でしたよね。
素子　そうです。

坂口　今も保険会社に。
素子　いいえ。何年か前に辞めさせてもろうて、今はあっちで輸入雑貨扱う小さな店を。
坂口　そうですか。
素子　なかなか結論が出ませんね。
坂口　ハイ？
素子　この裁判のことです。（と法廷を見る）
坂口　ええ――。
素子　あの人が犯人かどうかはわからへんけど、もしそうなら責任感じます。だってそうやないですか。わたしがあの人に保険勧めへんかったらこんなことにはなってなかったかもしれへんのやから。
坂口　まあ。

素子　実は一つ、あなたにお願いしたいことがありまして。
坂口　何でしょうか。
素子　こんなこと頼んでええかわからへんけど。
坂口　ハイ。
素子　もし伝えられるなら伝えてほしいんです、あの人に。（と法廷のほうを見る）
坂口　上谷にですか。
素子　ハイ。あ――もちろん、あの人は今、こっちの世界から遠いとこにおられるンで無理ならええんですけど。

坂口　どんなことを？
素子　あの人から仔猫いただきまして、五年前に。リサさんが飼うてたペルシャ猫の子供です。

坂口　ああ――そんなことがありましたね。
素子　あの人、わたしと別れる時、言いはりました――「ちゃんと育ててくれえ」って。
坂口　ハイ。
素子　猫ちゃん、今はこーんなに大きなって、この前、五匹子供産みました。
坂口　……。
素子　そやからあの人に伝えてください。リサさんの猫ちゃんは元気にやっとるでと。
坂口　……。
素子　無理ならええんです。そやけどそういう機会があったなら。
坂口　わかりました。
素子　おおきに。何ぶんよろしくお願いします。お忙しいところくだらんことお願いしてごめんなさい。ほなら、お元気で。

とその場を去る素子。

野村　……。
坂口　何だよ。
野村　人のこと勝手に空手家にしないでくださいよ。オレはまだ新聞記者ですから。
坂口　すまんすまん。
野村　いろんな立場の人がいるんですね。
坂口　何？
野村　今の人――。

坂口　保険屋さんが何か。

野村　あの人はあの人で、この裁判がどうなるのか気になるんだろうなあと。

坂口　そうだな。

野村　あ――社に戻ります。大野さんから連絡来たらすぐに教えてください。

と行こうとする野村。

野村、去り際に空手のポーズを作る。

野村、溜息をついてその場を去る。

坂口　一時間四十分の謎――それが解けない限り、上谷の犯行を決定的にすることは困難だった。わたしたちはどうやったらその謎を解くことができるかを考え続けたが、簡単には答えは出なかった。しょせん化学に関する素人には荷が重過ぎた。

とその場を去る坂口。

12　実験の成果

前景から四カ月後の一九九二年三月。
東京地裁の法廷。
舞台後方の傍聴席に坂口、野村、美和、素子、友之が出て来てそれぞれに座る。
と、舞台の前方の隅に被告人の上谷が出て来て座る。
弁護士が隣にいるという体。
裁判の途中である。
と人々の注目を浴びながら大野が登場する。
証言席に着く大野。
と裁判長の声が聞こえる。

裁判官（声）　では、審議を再開します。えー大野鑑定人、意見陳述をお願いします。

大野に注目する人々。

大野　繰り返しになりますが、事の真相を明らかにするために弁護側の主張を繰り返すことをお許しください。リサさんがからだの異変を訴えたのは事件が起こった日の午後一時四十分頃です。被告人と那覇空港で別れたのは十二時。すなわち、被告人と別れてから一時間四十分後に異変が起こり、病院へ搬送後、午後三時四分に死亡が確認されました。もしも被告人がリサさんにカプセルに入ったトリカブトから抽出たした毒物を飲ませたとするなら、リサさんはもっと早くに死亡していないとおかしい——そのご指摘は科学的にまったくの誤りがない事実であることに同意します。ゆえに被告人がリサさんに無理やり毒物を飲ませることは不可能です。

それを聞いている人々。

大野 そんな事実を踏まえた上で、わたしは、東北大学の研究者たちの多大なる協力を得て、様々な実験を試みました。カプセルを二重、三重にすることで毒物の効力を遅らせることができるのではないか？　そのような方法によりカプセルから毒物が体内に摂取される時間を操作できるのではないか？　結果はすべからく失敗でした。そのような方法で毒物の効力を遅延させることは不可能であるという結論に達しました。

上谷 ……。

大野 研究者たちと一緒に大きな溜息をついていたそんな時です。わたしはある一つの仮説を思いつきました。それはこういう仮説でした。トリカブトから抽出したアコニチンだけでは結果は変えようがないが、アコニチンとそれとは別の毒物を調合すれば、効力を遅らせる毒物を精製することは可能ではないのか、と。

それを聞いている人々。

大野　この事件に関連するそんな毒は他にあったか？——ありました。言うまでもなくそれは

上谷
大野　クサフグです。

……。

クサフグにはテトロドトキシンという毒素があり、一般的に知られるようにその毒素を摂取すると中毒症状を起こし、場合によっては死に至ります。わたしたちはトリカブト毒とクサフグ毒を混合させて作った溶液を作成しました。細かい実験結果は報告書としてすでに提出済みですのでそちらをご参照いただければいいと思いますが、二つの成分の混合の割合は数百パターン。そのパターンを生物に投与すると、どのような反応を示すのか？実験用のマウスを使って何度も何度も繰り返しました。時間をかけて——。当初は際立った成果を上げることはできませんでした。わたしの仮説に誤りがあったのか？しかし、実験を開始して実に一年三カ月と十一日目、毒物を投与し、とっくに動かなくなるはずのマウスは動き続けたのです。それから仮説が正しかったことを証明できるまではそんなに時間がかかりませんでした。

大野　それを聞いている人々。

その結果、トリカブト毒とクサフグ毒をある割合で調合して生物に投与すれば、その毒が効力を発揮するまでの時間は操作し得るという結論に達しました。すなわち、本件におけるリサさんが白いカプセルを飲んだ時点からからだに異変を生じるまでの時間は、計画し得るということです。リサさんが飲んだそのカプセルは、あらかじめ飲んだ時点から一時

間四十分前後の時間において効力を発揮するように事前に計画され、調合された毒物であると考えることができます。

上谷 ……。

大野 付け加えさせていただければ、被告人の前妻である夏子さんの死因も、診断経過と死亡時の状態から判断すると、本件の場合と酷似しているという感想をわたしは抱いています。

それを聞いている人々。

裁判官（声） 弁護側、何かご意見がありますか。

上谷、手を挙げる。

上谷 僭越ながら発言することをお願いします。いくつか大野先生にお聞きしたいことがあるんですが、よろしいでしょうか。

顔を見合わせる人々。

裁判官（声） 被告人の発言を許可します。

上谷 ありがとうございます。

上谷、大野に向き直る。

上谷　大変な実験、ご苦労様でございます。

と慇懃に頭を下げる上谷。

上谷　先生の実験についていくつかお聞きしたいことがあります。
大野　何でしょう。
上谷　先生は今、トリカブト毒――すなわちアコニチンとクサフグ毒――すなわちテトロドトキシンをある割合で調合すると遅効性の毒物を作り出せるとおっしゃいましたよね。
大野　そうです。
上谷　具体的にはそれはどのくらいの割合になるんですか。
大野　報告書に記載した通りです。
上谷　すいません。あいにくわたしはその報告書を見せてもらってないもんですから、もう一度ここで。
大野　……。
上谷　お願いします。
裁判官（声）鑑定人は答えてください。

大野、報告書を出して見る。

大野　アコニチンを三ミリグラムとすると、テトロドトキシンをその三分の一――すなわち、

上谷　一・〇七ミリグラム混ぜ合わせると、アコニチンのみの時の投与に比べると、本来かかる時間よりおよそ五分間、効力を遅らせることができます。
大野　何分とおっしゃいましたか。
上谷　五分間です。
大野　それは本当に正確な時間ですか。
上谷　何が言いたいんですか。
大野　ところで、その数字をどのようにして割り出したかをきちんと報告書にお書きになってるんですか。
上谷　書いてますよ。
大野　マウス一匹での実験ですか。
上谷　いいえ。たくさんのマウスを使ってその遅効性を計測しました。
大野　正確には何匹ですか。
上谷　それをあなたにここで答える必要がありますか。
大野　ありますよ。なんせわたしは下手すればここにいる人たちに殺されるかもしれないんですから。
上谷　……。
大野　答えてください。何匹のマウスを使ってその時間を割り出したんですか。
上谷　……。
大野　答えられないんですか、先生。
上谷　……。
大野　お願いしますよ、先生。わたしの人生がかかった裁判なんです。

大野　……。
上谷　なんで――なんで答えてくれないんですか、先生。
大野　裁判長――。
上谷　わたしが聞いてるのは、遅効性の毒物を作るのに何匹のマウスを使ってその結論に至ったのか――ただそれだけじゃないですかッ。
裁判官（声）　被告人は静粛に！
上谷　逃げないで答えてくださいよッ。わたしはただマウスの数を知りたいだけなんですからッ。
裁判官（声）　被告人！
上谷　お願いです。何匹のマウスを使ったのか、それだけでいいから教えて――教えてくれよッ。
裁判官（声）　静粛に！　被告人は退廷してくださいッ。
上谷　……。

上谷、憮然としてその場を去る。

裁判官（声）　しばらく休廷します。再開は三十分後に――。

大野、ゆっくりとその場を去る。
舞台前方へ出て来る坂口。

坂口　トリカブトとクサフグ――二つの毒を合わせれば、その効力を発揮する時間を操作できる――法廷でそのように発言した大野医師の毒物に関する見解は、裁判官たちの心証に大きな影響を与えたのは言うまでもない。しかし、それ以上に、それまで常に冷静な態度で裁判に臨んでいた上谷が、大野医師の見解に異論をはさみ、取り乱した様は、法廷にいた誰もが今まで一度も見たことがない姿だった。

反対側の舞台隅に大野が出て来る。

野村 その後も裁判は続き、それからさらに二年後の一九九四年九月——第一審の判決が被告人の上谷に告げられた。上谷はその日、体調不良を理由に裁判に出廷しなかった。

舞台中央の証言席に明かりが当たる。
それを見ている人々。

裁判官（声） では、判決を言い渡します。主文、被告人を無期懲役に処す。ただし、未決拘留日数中九〇六日をその刑に算入する。——以下、判決理由を述べます。被告人は昭和六十一年五月二十日、沖縄旅行中、被害者である妻のリサさんに日頃から栄養剤と称して飲ませていたカプセルに入ったトリカブトより抽出したアコニチンを主成分とする——。

証言席の明かりが消える。
人々はゆっくりとその場を去る。
友之が最後に残る。

友之　……。

友之、去る。
舞台に残る坂口。

坂口　判決を不服とする弁護側は即日控訴。裁判は控訴審に移り、さらなる戦いを繰り広げることになる。

坂口はその場を去る。

13　裏切りの向こう側——

明かりが入ると、前景からしばらく経ったある日。
一九九五年の四月の午後——。
池袋西口にある公園の一角。
近くに噴水があるのか、水が流れる音が聞こえている。
坂口と美和が出て来る。
坂口、腕時計を見たりする。

坂口　また来てないみたいだな。
美和　うん。

ベンチに座って噴水を眺める二人。

坂口　久し振りにここ来たよ。
美和　そう。
坂口　きれいになったよな、ここも。前はお世辞にもきれいとは言えない公園だったのに。
美和　……。

坂口　今じゃあんな立派な劇場ができて。

と前方にある建物を見上げる。

坂口　覚えてるか、ずいぶん前にここに二人で来たことあるの。
美和　そうだっけ。
坂口　ああ。あン時もこんな風に二人で噴水、眺めてた。
美和　あたしたちが付き合い出した頃？
坂口　ああ。
美和　懐かしい。もう——十年以上も前。
坂口　そんなになるのか。
美和　池袋もずいぶん変わったわ、昔とは。
坂口　そうだな。

とそこへスーツを着た友之が来る。
友之はすでに二十代半ばの青年である。

友之　どうもお待たせしちゃって。

美和と坂口は立ち上がる。

友之　すいません、お忙しいところ。
坂口　いや、そっちこそ。仕事中だろ。
美和　ごめんね、こっちの都合で。
友之　とんでもない。呼び出したのはこっちのほうですから。これから予定があるんですよね。
美和　うん。これからお店の新人研修があって。と言ってもリサが働いてた店じゃなくて別のお店のアレだけど。
友之　そうですか。
美和　ふふふふ。
友之　え？
美和　あ、ごめんなさい。けど、前よりずいぶん立派になったと思って。
友之　はあ。（と照れる）
坂口　順調みたいだな、仕事。
友之　おかげ様で。
坂口　さすがいいスーツ着てるな、ＮＥＣのエリートは。
美和　それよりどうしたの、急に会いたいなんて。
友之　はあ。
美和　あなたも忙しいんだから電話でもよかったのに。
友之　いえ。ちゃんとお会いして伝えたかったもんですから。

美和と坂口、顔を見合わせる。

坂口　何を――。
友之　こう言うとアレですけど、オレの気持ちをです。
美和　……。
友之　この前、電話くれたんです、美和さんが。
坂口　うん、聞いたよ。
友之　義兄さんがあいうことになって、すごく心配してもらってたみたいだから。だからちゃんとお会いしてそのお礼も言いたかったし。
美和　いいのよ、別に――そんなの。

噴水の噴き上がる音。

友之　この前、青森に帰ったんです、久し振りに。
美和　みなさん、お元気？
友之　おかげ様で。
美和　さぞかしお嘆きでしょうね、こんなことになって。
友之　ええ――特に父と母が。
美和　（うなずく）
友之　「あんなに信じてたのにわたしたちはあいつに裏切られた！」「なんてひどいヤツなんだ！」って何度も。
二人　……。
友之　オレの両親がそう言うのもよくわかります。

二人　……。
友之　そりゃそうですよね、最愛の娘をアレされたんだから。
二人　……。
友之　けど、オレはそうは思ってません。
二人　……。
友之　もちろん、もしもあの人が有罪なら罰を受けて当然だと思います。
二人　……。
友之　けど、オレはあの人を父や母のように悪しざまに罵る気にはなりません。
二人　……。
友之　オレが今、こうして社会人としてやっていけるのはあの人のおかげであることに変わりはないんです。
二人　……。
友之　世間の人には極悪人でも、オレにとってはそうじゃないんです。
二人　……。
友之　それに——あの人を信じたオレにも罪はあると思うから。
二人　……。
友之　だから、そのこと、あなたたちにだけは伝えたくて。
美和　……。
友之　すいません。わざわざ呼び出してこんなこと——。
美和　ううん。あなたの気持ちが聞けてよかったわ——ねえ。
坂口　ああ。

美和　あいつのことは許せなくても、あなたのそんな気持ちをきちんと理解してくれるはずよ――リサも。
友之　ありがとうございます。
坂口　……。
友之　新人研修、頑張ってください。
美和　ありがと。そっちもね。
友之　坂口さんもからだに気をつけて。
坂口　お気遣い、ありがたく。
友之　それじゃこれで。今日はわざわざどうもありがとうございましたッ。

と一礼する友之。
友之、行こうとして立ち止まる。

友之　坂口さん。
坂口　うん。
友之　このスーツ――義兄からもらった就職祝いです。

友之、その場を去る。
二人、それを見送る。

美和　来てよかったんじゃないの？

坂口　え？
美和　乗り気じゃなかったじゃない、最初。あたしが誘ったら。
坂口　そんなことないよ。
美和　よく言うわよ。電話したら今日は別の仕事があるとか何とか言ってたじゃない。
坂口　……。
美和　いい記事書けるんじゃないの、こういうこと知ると。
坂口　どうかな。
美和　何よ、どうかなって。
坂口　簡単には書けないんだよ、こういうことは。
美和　なんで？
坂口　考えてもみろよ。被害者遺族が加害者のことを「悪く思ってません」なんて書いたら、記事読む人はみんなそっぽ向くに決まってるだろ。
美和　……。
坂口　三人の妻を残酷に殺した極悪人——世間が求めてるのはそういう犯人像ってことだよ。
美和　……。

噴水が噴射する音。
噴水を眺める二人。

美和　まだまだ先よね、最後の判決が出るの。
坂口　そうだな。

美和　あの子、最後の判決が出ても気持ちは変わらないかな。
坂口　さあな。
二人　……。
美和　時間あるの？　あるならたまにはお店に寄ってよ。
坂口　高いからな、みーちゃんのとこは。
美和　高くてもいいじゃない。そのくらいしないと元カノと簡単によりは戻せないよ。
坂口　より戻すためにここに来たわけじゃない。
美和　正直に言いなさい。ほんとはわたしと会えるからここに来たって。
坂口　ハハハハ。うぬぼれんなよ。

などと言いながらその場を去る二人。

14　上谷との接見

前景から一年後。
一九九六年五月——控訴審の最中のこと。
東京拘置所の面会室。
うす暗い屋内。
そこへ坂口とともに大野がやって来る。
椅子に座る大野。
坂口は立ったまま。
黙っている二人。
とガチャリとドアが開く音がして、上谷が室内へ入って来る。
大野と反対側の椅子に座る上谷。
二人の間には仕切りがあるという体。

上谷　お呼び立てしてすいません。
大野　……。
上谷　こうして直接、お目にかかれて光栄です。
大野　……。

上谷　お変わりありませんか。
大野　ええ――そちらは?
上谷　ここへ来て痩せました。あっちと違って食べるもんが違いますから。
大野　(うなずく)
上谷　坂口さんもお元気ですか。
坂口　まあ、何とかやってます。
上谷　ご無理言って本当にすいません。
坂口　いや――。
大野　……。
上谷　よしてくださいよ、そんな風に見るの。別にわたしは動物園の猛獣じゃないんですから。
　　　ハハハハ。
大野　……話っていうのは何だね。
上谷　はあ。
大野　話があるからわたしをここに呼んだんじゃないのか。
上谷　覚えてらっしゃいますか、先生と初めてお会いした時のこと。
大野　……。
上谷　もう十年も前になるんですね。月日が経つのは早いもんです。
大野　……。
上谷　まったく予想できませんでした、あの時、あれから十年も後になってこんなところで先生と
　　　こうして対面するとは。
大野　……。

上谷　だってそうでしょう。もしも先生がリサの血やからだの一部を取っておかなければ、こういう風に再会することはなかったんですから。
大野　そうだね。
上谷　誤解しないでください。何も先生に恨み言を言いたくてわざわざお越しいただいたわけじゃないことを。
大野　……。
上谷　怒られそうですけど、特に何かをお伝えしたかったわけじゃない。ただ先生と直接こうしてお話ししたかったんです。
大野　……。
上谷　すいません。

と頭を下げる上谷。

大野　わたしは構わないよ、それで。
上谷　ありがとうございます。
大野　……。
上谷　実は夜になると、裁判の時のことをよく思い出すんですよ、ホラ、先生が検察側の証人として出廷された――。
大野　ほう。
上谷　トリカブトのアコニチンとクサフグのテトロドトキシンを調合して新しい毒を作ったと推定されたところ。

大野　ああ――。
上谷　法廷であの陳述を聞いていた時、わたしがどんな気持ちだったかおわかりになりますか。
大野　……。
上谷　どうですか。
大野　まだ控訴審の最中だ。余り迂闊なことは言えないだろうが。
上谷　ええ。
大野　「痛いところを突かれて、万事休す」――。
上谷　ハハハハ。
大野　……。
上谷　あ、すいません。
大野　違うのか。
上谷　違います。
大野　……。
上谷　嬉しかったんです、すごく。
大野　……。
上谷　先生はこう発言されました。
大野　なんて？
上谷　「実験を開始して実に一年三カ月と十一日目、毒物を投与し、とっくに動かなくなるはずのマウスは動き続けたのです」――。
大野　……。
上谷　自ら仮説を実験によって検証し、失敗を何度も何度も繰り返しながら、仮設を証明しよう

大野　とする――。

上谷　……

大野　毒物をマウスに投与する――しかし、マウスはすぐに動かなくなる。実験失敗。違う分量の毒物を別のマウスに投与する――しかし、これも同様。そんな時、動かないはずのマウスが生きている！　ヨタヨタとケージの中を歩いている！　鼻をひくつかせて生きている！

上谷　……。

大野　（立ち上がり）そうです、その喜びです。その時こそ化学者が体験する最もすばらしい瞬間なんですッ。

上谷　……。

大野　その喜びをあの法廷の中であなたと唯一、共有できたのは、他でもない――わたしですッ。わたしだけなんですッ。

大野　……。

上谷、椅子に座る。

上谷　すいません、昂奮して。

大野　……。

上谷　けど、もしも裁判長が止めなかったら、わたしは先生と固く握手したいと思いました。

三人　……。

大野　一つ言わせてほしい。

上谷　ハイ。
大野　あなたがわたしのことを思い出してくれるように、折に触れてわたしも君のことを思い出すよ。
上谷　へえ――嬉しいです。
大野　おそらく無数にある自然界の毒の中で、トリカブトとクサフグを組み合わせ、遅効性の毒物を作り出した人間は、わたしが知る限りあなただけだ。
上谷　……。
大野　つまり、あなたは非常にすぐれた化学者だということだ。
上谷　ハハハハ。先生にそんなこと言ってもらえるなんて思いもよりませんでしたよ。
大野　しかし――。
上谷　……。
大野　しかし、あなたはその能力を使う場所を間違えたんだ。
上谷　……。
大野　心から残念に思ってる、同じ化学者として。
上谷　……。
大野　わたしがこの人（坂口）の誘いでここに来た理由はそういうことだ。
上谷　……。
大野　このことをどうしてもあなたに伝えたかった。
上谷　……。

上谷、うつむく。

大野　こうして会えてよかったと思ってる。
上谷　……。
大野　今日はこれで失礼する。

と椅子から立つ大野。

大野　――お元気で。

と言ってその場を去る大野。

上谷　……。

大野を追ってその場を去ろうとする坂口。
と立ち止まる。

坂口　一つだけ伝言が。
上谷　顔を上げる。
坂口　覚えてるかな。なにわ生命保険の髙山さん――あなたから仔猫をもらった。
上谷　……。
坂口　もうちょっと前のことだけど。

上谷　……。

坂口　猫ちゃんは元気だそうだ。その後、五匹の子供を産んで――。

とその場を去る坂口。

上谷　……。

舞台に一人残る上谷。
上谷はその場を去る。

エピローグ

舞台に三々五々と人々が出て来る。

美和　一九九七年――控訴審が行われた高裁は弁護側の控訴を棄却。
野村　上谷はその判決を不服として最高裁に上告。
素子　二〇〇〇年二月――しかし、最高裁はその上告を棄却。上谷の無期懲役が確定する。
友之　上谷は獄中にあっても自らの冤罪を訴え続け、「被疑者」と題した本を上梓した。
坂口　そして――二〇一二年、大阪医療刑務所で病死する。享年七十三。

上谷がトリカブトの花の鉢を持って出て来る。
そして、中央の椅子に座ってテーブルの上に置いた花を眺めている。
鮮やかな紫色の花を咲かせた植物――トリカブト。
上谷は花を撫でたり、その匂いを嗅いだりする。
とその周りにいる人々。

坂口　トリカブト――キンポウゲ科トリカブト属の総称。
美和　花の色は一般に紫色。

野村　沢などの比較的湿気の多い場所を好む。
素子　名称の由来は、根っこの部分がカラスに似ていて――。
友之　花の形が兜をかぶったように見えることからそのように呼ばれる。
坂口　その根には青酸カリの百倍と言われる「アコニチン」と呼ばれる猛毒があり――。
美和　食べると手足のしびれ、嘔吐、呼吸困難、臓器不全を経て死に至ることもある。
野村　致死量は平均で三から四ミリグラム。
素子　即効性があり、服用すると死亡までの時間は数分から数十分。
友之　日本では北海道と東北を中心として沖縄以外の全国に生息する。

上谷は花を見つめている。
と舞台隅に白衣を着た大野が出て来る。

坂口　これがこの恐ろしい物語の主人公――名前を上谷豊と言う。

上谷を見つめる人々。

大野　「あなたはわたしに死を与えた」――そんなトリカブトの花言葉を知ったのはいつだったか。リサに死を与えたのは上谷だったのだろうが、上谷に死を与えたのは――わたしだったのかもしれない。

花を見つめている上谷。

その紫色の鮮やかな花びら。
と舞台の至るところに鮮やかなトリカブトの花が浮かび上がる。
舞台全体が美しい紫色に染まる。
あなたはわたしに死を与えた――トリカブト。
と暗くなる。

〔引用・参考文献〕
『トリカブト事件』坂口拓史著（新風舎文庫、二〇〇四年）
『営利殺人事件』岡田晃房著（同朋舎出版、一九九六年）
『トリカブト殺人疑惑』山元泰生著（世界文化社、一九九一年）
『被疑者―トリカブト殺人事件―』神谷力著（かや書房、一九九五年）
『殺人保険』ジェームズ・ケイン著　蕗沢忠枝訳（新潮文庫、一九六二年）
――他

あとがき

収録した三本の戯曲は、ISAWO BOOKSTORE のために書かれたものである。

『明日は運動会―和歌山毒物カレー事件―』は、サンモールスタジオのプロデュースによる「Crime シリーズ」の第三弾「不可解編」の一本として書いたもの。The Stone Age ブライアントによる『出頭するために必要な3つのこと』（公証役場事務長監禁事件）との二本立てで上演された。この戯曲を書くきっかけになったのは、カレー事件の犯人とされる林眞須美《はやしますみ》死刑囚の長男がユーチューブの番組に出演して、母の冤罪を訴えている姿を目にしたことだった。折しも、林眞須美死刑囚の弁護士が裁判所に再審請求をしたという報道を聞いたそのすぐ後、稽古も順調に進み、本番を直前に控えた二〇二一年の六月十三日、わたしたちは衝撃的な事実を知る。本作にも登場する林眞須美死刑囚の長女が投身自殺をして自らの命を絶ってしまったのである。こういう現実の前に、わたしたち座組のメンバーは、フィクションの無力を痛感することになったが、動揺しながらもこのままの形で上演した。わたしは死刑囚の母親を持つ子供たちにエールを送るような気持ちで本作を書いたので、とても複雑な気持ちになったことを書き添える。

『夜のカレンダー―世田谷一家殺害事件―』は、サンモールスタジオのプロデュースによる「Crime シリーズ」の第四弾「ある視点編」の一本として書いたもの。サンモールスタジオ・プロデュースによる『ドンファン最後の晩餐』（紀州のドンファン怪死事件）、The Stone Age ブライアントによる『夏の夕暮れ、唇を噛みしめる』（秋葉原無差別殺傷事件）とともに三本立ての一本として上演された。老朽化を理由に事件の犯行現場を取り壊すか否かが議論されているというこの事件の新聞記事が元になって書いたものである。戯曲を書くにあたり、二〇二二年六月のある日、実際に犯行現場へ足を運んでみた。事件現場となった宮澤さんの家は公園と隣接しており、パッと見ただけではなかなか見つけにくい。公園では子供たちが元気に遊び回っている。その外れにポツンと白い鉄製の外壁に覆われた家があったので、公園で子供を遊ばせているお母さんらしき女の人に「昔、殺人事件があった家はあれですか?」と尋ねると、そっけなく「そうです」と答えてくれた。六月の太陽の光とさわやかな風、美しい緑、走り回る子供たち——そのように長閑な風景の中で見る「世田谷一家殺害事件」の犯行現場は、風景が長閑《のどか》なぶんだけ、悲惨さが際立っているように感じた。

『あなたはわたしに死を与えた—トリカブト殺人事件—』は、「昭和事件シリーズ」の第四作として書いたもの。トリカブトという植物の名前が世に広まったのは、この事件でその植物から抽出された毒物が使われたせいだと思う。有名な事件だと思うが、犯人の犯行を暴いたのが被害者の妻の遺体の解剖を行った医師だったことは余り知られていないように思う。そんな視点でこの事件を描いたのが本作である。資料を読んでわたしが最も興味を持ったのは、犯人とされた男の毒物の精製に関する情熱だった。それはほとんど「博士の異常な愛情」と呼んでいい情熱で、もしもこの情熱を正当な化学の世界で表現したらという空想が膨らんだ。この事件の真相に関するトリックはわたしの作ったものではなく、現実の事件で犯人が目論んだトリックである。事実は小説より奇なりということわざを地でいくようなその計画は、わたしが知る限り犯罪史の中でも際立った緻密な計画性を持っていると思う。因みに本作は「光への道は遠く」と題した昭和事件シリーズの連続公演の中の一本として、旧作とともに上演された。

私事ではあるが、二〇二一年にわたしは還暦を迎えた。今から十四年前の二〇一〇年、わたしが尊敬する先輩の演劇人たちが次々と鬼籍に入り、その死を嘆き悲しみながらも心密かに誓ったのは、わたしがこの世を去るまでにそれ以前に作った自作と同数の、いやそれ以上の数の作品を作り出すという決意だった。目的は徐々に達しつつあるが、わたしはこうして十九冊目の戯曲集を世に出せることになった。いつものことながら、こうして作品を世に出してくれる論創社の森下紀夫社長と、細々とした校正でお世話になりっぱなしの森下雄二郎さんに心から感謝する。

高橋　いさを

二〇二四年九月

上演記録

『明日は運動会―和歌山毒物カレー事件―』

ISAWO BOOKSTORE

サンモールスタジオ　プロデュース「Crime 3ed～不可解編～」の一本として

・日時／二〇二一年六月十五日（火）～二十日（日）　※六月十九日にオンライン配信。

・場所／サンモールスタジオ

［出演］

森田高史／寺内淳志（J.CLIP）

真子／仁瓶あすか

裕子／永池南津子（愛企画）

由利香／優木千央（J.CLIP）

清水／酒井謙輔（劇屋いっぷく堂）

真純（声）／永澤菜教

［スタッフ］

作・演出／高橋いさを

照明／長沢宏朗・鹿島樹

音響／ナガセナイフ

演出助手／初鹿史弥・高間大輝

テーマ音楽／丸尾めぐみ

楽曲提供／日下義昭
撮影・配信／伊藤格
舞台監督／吉田慎一（Y's factory）
法律監修／平岩利文（ネクスト法律事務所）
プロデューサー／佐山泰三
企画・製作／サンモールスタジオ

『夜のカレンダー――世田谷一家殺害事件――』
ISAWO BOOKSTORE
サンモールスタジオ　プロデュース「Crime 4～ある視点編～」の一本として
・日時／二〇二二年九月二日（金）～十一日（日）　※九月十一日にビデオオンデマンド配信。
・場所／サンモールスタジオ

［出演］
金子由紀／松井みどり（緑化計画）
金子康太／長坂一哲（劇団ペリカン）
渡辺きよみ／舞木ひと美
高田／上田尋
土本／吉田テツタ（テッピン）

［スタッフ］
作・演出／高橋いさを

美術／吉川悦子
照明／長沢宏朗・鹿島樹
音響／ナガセナイフ
テーマ音楽／丸尾めぐみ
撮影・配信／伊藤格
演出助手／小林将大
宣伝美術／内田真里苗
舞台監督／吉田慎一（Ｙｓ factory）
制作／株式会社アートレイン
プロデューサー／佐山泰三
企画・製作／サンモールスタジオ

『あなたはわたしに死を与えた─トリカブト殺人事件─』
ISAWO BOOKSTORE vol.7
・日時／二〇二三年十一月八日（水）～十二日（日）
・場所／下北沢　小劇場Ｂ１

［出演］
上谷豊／是近敦之
大野曜吉／児島功一
坂口卓也／佐野功
野村／虎玉大介（LiveUpCapsules）

藤井美和／堤千穂（演劇ユニット鶫的）
高山素子／上田尋
工藤友之／麻生竜司
書記官（声）／杉浦一輝
裁判官（声）／妹尾青洸・高橋いさを

［スタッフ］
作・演出／高橋いさを
照明／加藤学・新宅由佳（株式会社ブルーモーメント）
音響／志和屋邦治
美術／佐藤あやの
ヘアメイク／本橋英子
演出助手／虻蜂トラヲ（ちょっとはいしゃく）
舞台監督／今泉馨・杉田まゆか（P.P.P）
制作／ハルベリーオフィス
制作協力／中村恵子
票券／星・城月まこ
協賛／ネクスト法律事務所
プロデューサー／いずみよしはる
主催／ハルベリーオフィス
掲載写真／原敬介

高橋いさを（たかはし・いさを）
1961年、東京生まれ。劇作家・演出家。
日本大学芸術学部演劇学科在学中に「劇団ショーマ」を結成して活動を始める。2018年に「ISAWO BOOKSTORE」を立ち上げて活動中。著書に『バンク・バン・レッスン』『極楽トンボの終わらない明日』『八月のシャハラザード』『父との夏』『モナリザの左目』『I-note 演技と劇作の実践ノート』『映画が教えてくれた─スクリーンが語る演技論』（すべて論創社）など。

※上演に関する問い合わせ：
〈高橋いさをの徒然草〉（ameblo.jp/isawo-t1307/）に記載している委託先に連絡の上、上演許可を申請してください。

あなたはわたしに死を与えた─トリカブト殺人事件─

2024年11月10日　初版第1刷印刷
2024年11月20日　初版第1刷発行

著　者　高橋いさを
発行者　森下紀夫
発行所　論 創 社
東京都千代田区神田神保町2-23　北井ビル
tel. 03（3264）5254　fax. 03（3264）5232　web. https://www.ronso.co.jp/
振替口座　00160-1-155266
装釘／栗原裕孝
組版／加藤靖司
印刷・製本／精文堂印刷
ISBN978-4-8460-2491-8

高橋いさを theater book